闲来缀文

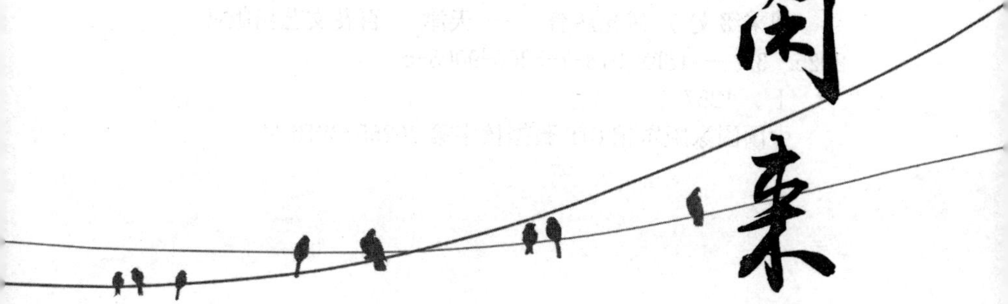

傅光达 著

天津出版传媒集团
百花文艺出版社

图书在版编目（CIP）数据
闲来缀文 / 傅光达著. -- 天津 : 百花文艺出版社,
2025. 3. -- ISBN 978-7-5306-9005-5
Ⅰ. I267
中国国家版本馆 CIP 数据核字第 2025573MT6 号

闲来缀文
XIAN LAI ZHUI WEN
傅光达 著

出 版 人：薛印胜 **责任编辑：**张 雪
装帧设计：朱文浩
出版发行：百花文艺出版社
地址：天津市和平区西康路 35 号 **邮编：**300051
电话传真：+86-22-23332651（发行部）
+86-22-23332656（总编室）
+86-22-23332478（邮购部）
网址：http://www.baihuawenyi.com
印刷：三河市元兴印务有限公司
开本：880 毫米 ×1230 毫米 1/32
字数：140 千字
印张：7.25
版次：2025 年 3 月第 1 版
印次：2025 年 3 月第 1 次印刷
定价：79.80 元

如有印装质量问题，请与三河市元兴印务有限公司联系调换
地址：河北省廊坊市三河市黄土庄镇尚庄子村
电话：0316-3180002
邮编：065200

时间之瀑顺流而下，生活之舟逆水而上。

书是陪我路过这个世界的法宝：字字句句如镶瓷缀贝，串成篇章则能悲欣交集，留生存智慧，教生活美好，让生命精彩。

傅光达

序 / 缀文非“闲来” 篇篇皆是情

郑自华

文友傅光达拟将这几年写的文章汇编成书，邀我写序。

书名《闲来缀文》，收录六十篇文章，分成“可敬的故人”“可歌的往事”“可爱的景物”三辑，这是一个很有意思的编排，作者用“可敬”“可歌”“可爱”进行串联，于是作者笔下的人、事、物都充满了美感。

读“可敬的故人”，知道光达生活在一个有故事的家庭，他的父亲有着传奇经历，亲身感受了日本侵略者的暴行，甚至差点命丧黄泉；沪西婶娘早年加入革命，参加过解放上海的接管工作，退休以后不忘党员本色，以多交党费的形式表达自己不忘初心的决心；还有参加过抗美援朝的娘舅等等。在这样的家庭环境里熏陶，才懂得珍惜今天来之不易的幸福生活。

随着故人的离去，如何将父母的光荣传统继承下来，《和谐基金增进亲情》让人眼睛一亮。生活中有着太多太多令人唏嘘的不堪，父母是我们与死亡之间的一堵墙。墙倒了，家就塌了，散了。父母在，人生尚有来处；父母不在，人生只剩归途。“在父母离开之后，妻子家六兄妹发起建立并运作的家族和谐基金，使家庭稳固甜美、家教尚德廉明、家风和气顺畅。同时，让我们真切地体会到要珍惜时间，更慷慨地付出爱心，更勇敢地直面人生，更珍贵地对待亲情。”也正因为有这样的家风，《陪丈母娘逛步行街》的亲情、《“秦香莲”》中的情趣，充满了烟火气。

我阅读本书的第一篇文章是《从偷读〈燕山夜话〉开始》，当时才九岁的作者，“在那次乱糟糟的焚书过程中拾到了那本书（其实是已撕破的小半本书），而且把它偷偷带回家，藏在了床底下。”光达是通过阅读《燕山夜话》而爱上了看书，爱上了文学。我真想握握光达兄的手，然后说一声：“同道中人！”我也有这样的经历，在那个时代，我和我的朋友用报纸将书的封面包起来，互相交换，看了不少书。通过阅读，我们感受到了一个新的天地。作者在《时间就在那儿》中写道：“青春美好，人生却是一张单程票，禁不起任性的‘自我’挥霍，懂得这样的道理，想必，会珍惜今后的人生。”我特别注意到，此文写于 2017 年，这年作者正好刚退休。爱好文学的人，都有这样的感受，都会珍惜时间。

作者笔下一事一物都有情，一草一木皆可爱，看得出来，作者是一个热爱生活的人，他对一切有独特的发现，有独特的感受，这真应了一句话：“生活不缺乏美，缺少发现美的眼睛”。作者时刻用一位前辈的教导勉励自己：“好的文章，至少有三点存在的理由，即一真情、二实感、三新意。否则，还不如花些时间去背诵唐诗宋词对自己更受益。”看得出来，作者始终用这样的标准来勉励自己。也由此可以相信，作者将会有更多的好作品问世。

书名《闲来缀文》，其意“缀句成文，消磨时光”，作者自谦“闲来”，其实非“闲来”，闲来所作皆用心，篇篇皆是情。

是为序。

2024 年 6 月

目　录

第一辑　可敬的故人

第二辑　可歌的往事

第三辑　可爱的景物

第一辑

可敬的故人

想念母亲和她做的年菜

过年，天增岁月人增寿，在我的记忆深处就意味着又能品尝到伢（绍兴话，我们）姆嬷（母亲）做的鲞冻肉和如意菜了，那是一种舌尖上兼心里头鲜美无比的享受，是一直以来令我垂涎神往的分岁年夜饭（又称分岁酒、守夜饭）时的绝佳品！

我母亲是一个讲究规矩、勤俭持家的人，在伊眼里，一年之计就在于节，特别是过年，是一件极其隆重、极具仪式感的大事，要辞旧迎新，怀念祖先，祝福将来。早在夏天就开始行动，将买来新鲜的黄鱼清洗后放在竹篾簸箕上去晒。早先，我娘娘（奶奶）还在，做这种事极其认真，每隔半个时辰就去把鱼翻个身续晒，太阳落到房顶前，便将鱼连篾收回，第二天再操作，直到晒成白鲞，然后放在阴凉处吹风，风吹过的白鲞香味纯真，烧鲞冻肉尤其好。

秋天是做腌菜的时节，我家老房子天井里有一口专门盐腌菜的大缸。母亲会趁青菜价最便宜的辰光买进百多斤。

先将青菜摊在地上晒，几个日头晒下来，干了，就可以盐腌菜了。母亲喊我进缸踏菜（我两个哥哥上山下乡前也踏过）。伊在旁边放菜放盐，一层菜一层盐，偶尔放些辣椒。踏结实后，就在菜上压上石磡，盖上缸盖。待一个月光景，腌菜就像模像样，早上取出来洗一下，切碎浇点麻油就可以泡饭了，咸鲜爽口。秋冬蔬菜紧张的日子，腌菜是交关（非常）好的下饭菜。其中的菜心，是做如意菜的素材。

到腊月廿三，母亲带头搞卫生除尘，取出平时不大用的整套餐具清洗，包括特大号砂锅，是专门烧鲞冻肉用的。廿九日动手烧肉，母亲采用上好的五花肉，先在铁镬子里加油将葱姜煸一下，放入斩成块的肉与猪皮，加酱油、清水、白糖、味精、香叶、桂皮、茴香和黄酒，用大火烧沸，撇去浮沫，初成色泽红润的红烧肉，然后将其换盛到大砂锅里，加笋干和水同煮，最后再加入斩成块的黄鱼鲞（鲞头要放在上面）一起炖，寓意来年“有享（鲞）头”，炖至笋肉酥软，鱼有嚼劲，待冷却结冻即成。这么一大锅鲞冻肉，要吃到正月初七或至十五。这也有个讲究，年菜吃得越长，说明家里“年年有余的享头”也越长。

如意菜又名八宝菜，一般年卅晚上烧。其主材是黄豆芽、腌菜心，辅以熟冬笋、香干、金针菇和黑木耳等配料。将腌菜心、黄豆芽在熟油里烤一下，然后放入配料，加上适量水煮开，基本不用再放调料，起锅待冷即可食用。该菜清口去腻，鲜香入味，有如意、吉利、发财之意。因为年夜饭荤腥多，往往该菜是第一个被吃清爽的。年菜当然还有绍兴酒醉鸡、酱麻鸭、元宝鱼、四喜烤麸、霉千张等，号称“十碗头”。

除夕先要祭祖，家人按长幼次序磕头祭拜，告慰先人。仪式毕，方可吃。入座也要按规矩来，吃好饭，守岁。正月初一，开门大吉，开始拜年。

我母亲是2004年6月因病去世的。呜呼！有那么几年，在路上看到前面有头发花白的老太行走，我都会情不自禁产生喊一声“姆嬷”并上去拥抱一下的冲动。十多年过去了，我深深地感到遗憾，再也没有吃过有母亲手势气味、有绍兴故乡独特风味的鲞冻肉和如意菜了！

我想念母亲，也想念伊做的咸珍珍“有享头”的年菜。

2018年3月

真情实意忆尊师

我1975年进上海港务局杨树浦装卸站（上港十区），工作几年后，因为平时喜欢写写弄弄，也偶尔有些“小豆腐干”在报纸上出现，就被当时单位的工会主席看中，指名道姓要我担任工会信息员，反映职工情况，宣传工会工作。当时的待遇是给我这个信息员每年赠订一份《劳动报》，并适当提供脱产采访时间；任务是每月至少提供上报并被采纳的工会信息两条。这样我就与《劳动报》结了缘。

1986年，我除了依托工会，积极宣传职工群众的精神风貌，还从自身和家庭的角度适时写了些所见所闻的感悟散文。其中有篇文章，我写自己退休的父母想要出门去旅游，但是又放心不下平时一直在照顾的我奶奶（当时其年逾九十三岁），后来，为了让父母放飞心情去旅游，我们一家子四兄妹详细安排了照顾奶奶的日程及措施，终于让父母有了一趟去北京看天安门、去洛阳看牡丹的旅行。文章寄出后，忻才良尊师时任《劳动报》总编，见到我的小文（可能是20世纪80年代中期老人旅游还是个新鲜话题）颇感兴趣，还配了评论《瞧这一家子》，在报上刊发了出来，让我大为振奋。

说起我与尊师忻才良的相识，是1983年他在《青年报》期间的事，当时我写了一篇小评论《道德值多少钱一斤？》寄给《青年报》，尊师为此特地约我前往青年报社，肯定了我的文章，后来经他修改后用了。尊师当时面对面的点播教诲，至今令我难以忘怀。他说："好的文章，至少有三点存在理由，即一真情、二实感、三新意。否则，还不如花些时间去背诵唐诗宋词对自己更受益。"他的这番话，对我后来的写作，仿佛提出了一个标准和要求，我习惯性地以是否具有真情实感和新意来评判自己的习作与其他人的作品，屡试不爽，受用至今。

由于尊师的鼓励，我不敢懈怠，见到有新意的东西，就设法写成文字。1987年年底，《劳动报》和《新民晚报》上同时刊发了我的新闻报道《六名装卸工缴纳所得税》。当时不起眼的短短一篇新闻，回头一看，还确实真切地见证了广大职工劳动收入的提高。新闻成为历史，是有意义的。

与《劳动报》的结缘没有间断过。后来我在单位任部门工会主席，又做党务工作，《劳动报》一直是我发自内心喜欢翻阅的报纸之一。

转眼三十多年已经过去，现在我已退休。我亲爱的父母和我的尊师虽然都已作古，但是，他们对我的谆谆教诲我始终铭记着，尤其是一看到《劳动报》，就会使我回想起他们。

2019 年 2 月

娘　舅

这些日子我突然想起了娘舅，为的是他曾在七十年前参加过抗美援朝。我记得他说要好好叫活（生活）的话。

我娘舅志愿参加抗美援朝保家卫国的时候刚二十岁，他进部队当的是后勤炊事兵，埋锅造饭的那种。打完仗他从朝鲜回到上海，看到我妈说的第一句话是："阿姐，我的命是拾来的呢！我要好好叫活下去。"说这话时我还没有出生，这是我妈后来念起他时反复学说给我听的，每次她都说得眼泪汪汪。

我懂事以后，娘舅来我家小住过。当时家里还烧煤球炉，每天要生炉子是一件要让人感到"泪流满面"的事，娘舅有从战争中学来的本事，他不动声色先看风向，然后能用最少量的引火柴把煤球炉生旺，好像不费吹灰之力。后来听他讲起打仗时有时为躲避炸弹轰炸，烧一锅饭要换好几个地方，频繁生火不让烟雾随便乱冒是再平常不过的事。娘舅烧菜很好吃，特别是做土豆，几个黄不拉几圆溜溜的家伙经他煨、煮、炒、炖可以变成十八种样式，每样都让人吃了还想吃，他自己倒是浅尝辄止。后来才晓得，因为在朝鲜打仗时，他当饭吃得最多的就是土豆。

娘舅退伍后在萧山一家棉纺织厂做老本行，在后勤食堂工作，他非常爱岗敬业，一直获好评得奖。20 世纪 70 年代，我参加工作之前去萧山玩，娘舅像待尊贵客人一样招待我等，他做的醉鸡、酱肉味美得令我至今难忘。

我真正懂娘舅是他患鼻咽癌时，20 世纪 80 年代的一天，我们突然得知这消息，我妈焦急地请他来上海诊治。他来了，脸色沉着，一副风平浪静的样子。我多次陪他去肿瘤医院就诊、照激光，还去药店取中药。有一次，他就对我瓮着鼻头说：“我没有想到结果会是这个样子，抗美援朝的辰光，死是非常容易的。开始到朝鲜，想不到那个冷啊，真正是寒入骨髓，还没有开战，就冻煞好几个。一路过去一路遭美国鬼子的飞机炸弹狂轰滥炸，炸死木佬佬（很多）人，还有遭冷枪的，刚刚还好好的，转眼就倒下了，每天都见到死尸。还有就是没吃的，吞雪喝尿不稀奇，真是饿啊！熬不牢饿死的人也不少。当然战死成为烈士的，我见到交交关。我那时就以为自己回不来，身体要交待在朝鲜了，不冻死，也可能被炸死、饿死或者战死，所以，我现在根本不怕死。和平的日子真好！”

“你打杀过人吗，娘舅？”

“杀过，在战场上，印象最深的是有一趟送吃的上去，遭遇了冲过来的敌人，来煞勿及（急匆匆）抄起手上的家伙就打起来，你死我活啊，憋足劲拼了命打，胜了。那是1951 年，打到炊事班上阵地的情况蛮多的。哈哈，我的命就像拾来的一样，不冤枉了。”我感觉这次谈话非常走心。

医治了两个疗程，娘舅自己利利索索地去买了回萧山的火车票，我妈再怎么挽留也没用，于是就叫上我一起送娘舅到火车站。临别时，娘舅特地对我嘱咐：“你是一个懂事的人，快点去寻一个会过日子的姑娘成家，好好叫活。”我点点头，对他说：“娘舅，我们都好好叫活，再会！”

娘舅挥挥手，火车就启动，开走了。

2020 年 11 月

死里逃生的父亲

父亲今年一百岁。他一生经历过三次非常危险的死里逃生事件。有两件是他私下里对我讲的，因为事发当时我还不知身在何处。另外一件是我们四兄妹亲见亲历的。

2009 年 1 月 25 日除夕，我们全家正三代同堂围桌吃年夜饭，欢欢喜喜地边吃边聊，等待着观看电视直播的央视春晚。大嫂正要搛菜给挨坐在她身边的我的父亲品尝，她突然发现对方耷拉着脑袋，情况不妙，就情不自禁地惊叫起来："阿爸！你哪能啦？"这一声呼叫不要紧，惊到了我们所有在场的人。大家都丢下筷子，迅速围拢到我父亲身旁，按照自己的辈分呼喊着："阿爸！""爷爷！""外公！"当时已米寿的父亲什么反应也没有，已人事不省。我想到打 120，甚至想到了更可怕的结果。

学过医的大嫂镇静地说："且慢！"她指挥大哥二哥轻轻地搀扶着父亲挪到一边，又去解开他的衣领，随后她对准父亲的人中用手使劲掐了起来。那是非常令人心焦的五分钟！蓦地，父亲“呕啊”地叹了口长气，慢慢睁开紧闭的双眼，问道：“做啥啦？”姐姐赶紧问：“阿爸，你现在感觉怎么样？”父亲说：“我想上厕所。”大哥应声连忙扶着父亲去解手。少顷，姐姐奉上一杯白开水，父亲喝了两口，这才正式缓过神来，他说：“我刚刚觉得有点闷，好像困了一觉。”大嫂说：“好了，可能是一时缺氧。阿爸你想困就困。”大哥随即陪着已患帕金森的父亲就寝了。这样，我们度过了一个惊心动魄的年夜，在场的人都出了汗。新年里我们还后怕不已。

说到最早遇到的那件往事，先要略微提一下我父亲的身世。百年前，父亲出生于水乡绍兴柯桥那里靠近通海的曹娥江，我爷爷就是一个在水上讨生活的撑船人。我曾想象过他嘴里嚼着乌干菜、头戴乌毡帽、摇着乌篷船的模样，但是我从未见过他老人家，便是父亲也只与他亲近不过八年就阴阳两隔了。由于家中失去顶梁柱，经济困顿，原先读私塾的父亲从此休学，开始干活谋生。从九岁开始，家父随我祖母先到杭州后闯上海，十八岁之前他到处打工，俗话说，“世上三般苦，撑船、打铁、磨豆腐”。父亲除了打铁，其他两样都尝试过（做起来不能有片刻停歇的活计），还做过铜匠店学徒、黄包车夫，最后才到丝织厂当上机械设备保全工，直至退休。

那件事发生在 1940 年初夏，事后回想起来，那鬼子可能把我父亲当作地下党抗日战士对待了。当时父亲提着才籴的十斤米，正沿北苏州路走。有个铆牢他的东洋鬼子持枪突然强行拦住他，气势汹汹，示意要搜查。父亲迟迟疑疑的，正要打开米袋接受检查，鬼子不由分说用枪尖挑破了米袋子。米“哗哗”地漏撒了一地。

这可是粮食啊，我年轻的父亲顿时气得涨红了脸，但他强忍住委屈，本能地想去拾米，心里骂着对方“赤佬”。谁料那东洋“牛二”竟蛮不讲理地用脚把撒落的米踢开去，随后不依不饶地上来一把揪住父亲的衣领，要带他走。简直莫名其妙！

父亲当时毕竟只有十九岁，血气方刚，身体结实，虽然老实巴交不想惹事，但绍兴人骨子里报仇雪恨的天性始终潜在，关键时刻想到了拼命，心忖与其被宰割，不如反抗。父亲当时也不吭声，只是用足全身力气抬腿朝对方的裤裆就是一脚。那鬼子顿时痛得龇牙咧嘴地矬下身去。父亲趁机撒腿就跑，待跑到河边时，只听到“乒”的一声枪响，子弹擦身而过，幸亏没有被击中，否则也就没有我什么事了。当时父亲凭着黄包车夫的矫健脚力，趁对方还没来得及开第二枪，毫不迟疑朝苏州河跳了下去。靠着早年撑船时练就的游泳本领，父亲当天足足游出大约九公里，这才上岸躲过一劫，偷偷地走回家去，还不敢轻易对我祖母和别人说这件糟心事。

还有一件往事是发生在我出生的前一年，1956 年秋冬之交的一个后半夜，那天父亲在丝织厂上中班，下班后就睡在单位的宿舍里。他正在睡梦里，突然耳边都是嘈嘈杂杂的响声，仔细一听，大事不好，着火了！同宿舍的同事比他醒得早，但是见到堵了门的大火慌得六神无主，口中念叨着："不好了，不好了……"双手拿了一只搪瓷痰盂罐在屋里急得团团转。

父亲一骨碌爬起来，醒了醒神，对同事喝道："你拿痰盂罐做啥，它又不是金条。现在逃命要紧！"一句话点醒梦中人，同事放下痰盂罐，就要往外逃。父亲恰好是厂里的业余消防员，当时他镇静地拦住同事说："慢！"说着在隐隐约约的火光里，马上去提床头柜上的两只竹壳热水瓶，感觉还有水，蛮热的，就迅速把水倒入脸盆里，浸湿了毛巾又绞成半干，递给同事一条，叫他学自己的样子捂牢面孔，然后，他感到水不多了，就去把痰盂罐里的水"夯不啷当"全部倒进脸盆，再把水分泼在两条棉被上，随后将一条潮湿的被子披在同事身上，自己也披上一条，这才对同事道："好了，快冲出去！"他俩一前一后穿过火笼到了外头，顺利逃生。不久，消防车也开来了……后来，父亲不止一次提及此事，说遇到着火时千万不能慌神，否则，极有可能失去性命。

从2009年（农历己丑年）起，父亲的帕金森综合征越来越明显，动作迟缓、肌肉僵硬、姿势不稳，吃东西也日趋困难，我们四兄妹商量好二十四小时轮流照护他。起初他经搀扶一天还能连续走二十步，到2010年他每天的步数逐月减少，到年底终于没有能再一次成功逃生。

此文为纪念他百年而作。

2021 年 3 月

沪西婶娘

伊是我家的一门宗亲，堂叔的爱人，今年九十岁，因为一直住在曹家渡五角场附近，我们这辈人就习惯称呼她为“沪西婶娘”。父亲在世时曾说，在困难时期伊接济过我家许多粮票和钞票。亲戚之间走动，我小时候最欢喜大人带我去拜见伊。伊慷慨大方，轻财好施，明理善良，乐观豁达。只要你够乖，保准你吃得满嘴香甜，口袋里还会让你装满零食带走。

说起我这个沪西婶娘，伊的经历可不一般。这位看上去白净优雅的老太太可是正宗的富家小姐出身。伊的亲爷曾开过一家中等规模的银楼店。有道是“盛世玩古玩，乱世藏金银”，那年月，沪西纱厂的女工拿了工资，除了籴米买菜果腹用度，有些余钱的都会到伊家银楼来排队买金银，生意红火得不得了。但是，也正因为生意好，父母没有时间带孩子。伊一出生就被窠娘（绍兴人对奶妈、保姆的称呼）带去了乡下，一直养到九岁，才又被接回到富丽堂皇的家里。

伊曾不止一次地当着我们小辈的面，回忆小时候伊第一次回家时，看到偌大的房子和舒适的环境，一下子适应不了，常常一个人害怕地躲在门窗角落里的情景。也就是因为这段经历，伊对穷人总是充满了同情，时常晚上背着大人偷偷地拿些金戒指等去接济穷人。

按平常的生活逻辑，作为富家小姐跟共产党不大会扯上什么关系，但机缘偏凑巧，当时伊爸爸的手下有个能人账房先生，经常到银楼上面的房间里来结账、盘算，平时伊的学习也会让这个能写会算有见识的账房先生辅导。于是伊就有机会一边在楼上的大阳台上冬晒太阳夏乘风凉，一边听账房先生讲共产党的好，讲共产党抗日的故事，讲共产党的革命思想。这和从小就同情穷人的伊的想法不谋而合，再加上伊看过不少账房先生推荐或自己寻觅的书籍，因此伊从初中开始就积极参与各种学生运动和革命活动。由于伊的积极表现，1948 年，伊十七岁，才高一就被组织吸纳入了党。但也正因为伊的年轻激进，暴露了地下党的身份，有一天，淞沪警备司令部派人全校搜捕伊。所幸就在前一天晚上，上海地下党组织已得知伊身份暴露的消息，及时安排伊藏在亲友家避风头，才堪堪躲过一劫。

因为身份暴露，上级组织曾考虑安排伊转移到解放区工作，但当时国民党军队已节节败退，全国解放指日可待，因此，上级斟酌再三，最终还是决定让伊留在上海，继续秘密从事地下工作，在沪西工会区委负责联系工厂，发动工友护厂，迎接上海解放。

中华人民共和国成立后，伊参与了接管工厂的工作，担任国棉十一厂接管工作组副组长，之后又去橡胶厂做过党总支书记，也去过工业大学当过政治教师，办过马列主义读书班，在市里的科研单位做过调查研究工作。伊“大跃进”时也被撤过职，总算熬到了改革开放的春天，1986年伊到龄光荣离休。按说，伊该过过无忧无虑的日子了，但其实，伊从来没有享受过富家小姐那种锦衣玉食、安逸舒适的生活。从 1987 年起到 2007 年，伊每年 7 月份都缴纳一次性大额党费 3000 元。伊曾跟我堂兄说：“这是一件理所当然的事情。虽然我已经不在工作岗位上了，但我依然是党员，不愁吃不愁穿，还得为党为国家做点贡献。”2008年汶川大地震，伊缴纳一次性大额党费 5000 元，之后伊就以这个新标准每年缴一次，直到 2016 年。

2017 年，我退休去看望伊老人家。伊看上去非常开心，还是活力四射的样子，一见面就拿好吃的招待我，拉着我的手开始聊天，当我想中途插话时，伊还会拍拍我的肩膀说：“你不要出声，先听我讲完，你再说。”就是那天，我晓得了伊的新想法，伊像天真的小姑娘那样告诉我，不要跟别人说，伊打算在建党九十六周年时上交一次性大额党费六千元，每年递增一千元，到建党一百周年时正好一万元。当天伊留我吃饭，让我喝酒，不住地搛绍兴梅干菜扣肉给我吃。我观察到伊喜欢吃粥、鸡蛋、腐乳之类的平常家乡食品，吃得津津有味。

庚子年新冠疫情暴发，我们只能在电话里交流，守望相助、互道平安了。我从堂兄的口中得知，我的沪西婶娘为“抗疫”已捐了一万元善款。今年建党一百周年，伊打算上交的一次性大额党费一分都不会少。

2021 年 6 月

小学班主任

小学时，我先后遇到两个班主任。一个是一年级教我们拼音和坐姿的余丽华老师，另一个是从二年级一直教我们到六年级的诸葛美娣老师。我着重说说后者。

我小学读的是民办学堂，不是现在通常意义上的民办学校。那是五十多年前，我家住在上海卢家湾附近的一条弄堂里。弄堂里我的同龄人共有十四个，十个安排去了公办小学，四人分配去读民办学堂，其中有我。当时民办学堂不吃香，初时，学堂在人家屋里凑合开课，就像小说《繁花》里描写的那样，上课时仍听得到人家起居饮食的声响。二年级起才有校舍，丽园路民办小学，不知谁起的名字叫“东风小学”，蛮好听的。校址在丽园路近蒙自路的一个弄堂里。操场不大，有些局促，四五个班级学生一起出操就有些挤挤挨挨了。

1966 年 9 月二年级开学，像阿姨一样的余老师不再教我们，新来一位高个子班主任，白皙干净，一副和颜悦色的样子，她的姓名有四个字，初时我们不懂复姓，就叫她姓名的头一个字，诸老师，她当时没有立即反对。头天来，便于相认，她叫学生自己依次站起来报名。我是班长，头一个起立报名。放学后她就叫我留下来，看到我紧张的神情，她就爱抚地摸摸我的头，笑着说："老师带你去家里玩。"然后，她就领着我去了她蒙自路的新家。原来老师才结婚不久，是新娘子。房间里家具是新的，眠床上被褥也是崭新的，窗户上还贴着红"囍"字。她叫我先洗手，然后让我坐在房间当中的方桌旁。她从一只精美的糖果盒子里取出一把奶糖给我吃。接着，她又从书橱里挑出三四本连环画放到我面前，说："你喜欢看吗？"我一下子兴奋起来。那天，我嘴里含着糖，连看了《上甘岭》《雷锋》《南京路上好八连》《鸡毛信》等书。不知不觉过了近两个钟头，老师估摸时间不早了，就摸摸我的头，说："你该回家了，自己回去认得路吗？"我点点头说："认得的。"她说："以后放学想看书了，就来老师家。"我朝她鞠躬敬礼："谢谢老师，诸老师再见！"也许我爱上读书就是从那天开始的。

同学们发现诸老师偏爱男生，即便是班级里出了名的捣蛋鬼，她也喜欢。说来有趣，小学生都对教自己知识的老师好奇，想更多地了解对方，于是放学后喜欢跟踪老师。杨作绵、张志猛连续多天紧盯跟踪，有一天，他们很骄傲地对我说："我们晓得诸老师家住在哪里了。"我说："我老早就去过了。"他们说："你骗人！"我说："骗人是小狗。"

后来，老师发现他们跟踪，不但没有怪罪，反而主动请他们去了家里，也给他们看图书、吃糖。他们可来劲了。

那时“读书无用论”盛行，有一天老师就在班级里说：“读书怎么会无用呢？同学们，识字认人、认识世界，都需要读书。今天就从我的姓说起吧，其实老师不姓诸，而姓复姓诸葛……”诸葛老师那天把复姓的事说了一遍，还顺便大略地讲了诸葛亮的故事，我们从此记住了诸葛老师的话，还大致知道了历史上有个非常聪明的人以及“鞠躬尽瘁，死而后已”的故事，读书是有用的，能懂事理。

当时发觉诸葛老师可能肠胃不太好，差不多隔几个礼拜就要疼痛一阵，但她坚持来给我们上课，上课前她会手抚着腹部，轻声轻气地告诉我们：“老师今天有点不舒服，讲话声音不响，大家要认真听，不要开茶馆铺说闲话。”这时，平时最调皮捣蛋的杨作绵就会自告奋勇地站起来发声：“大家听好了，谁都不许吵闹，否则我不客气！”张志猛则会去教师办公室搬来椅子，请老师坐着上课。奇怪的是，这样的日子，我们的课堂纪律特别好，听课特别认真。

有一件事很值得写。诸葛老师来做班主任不久的一天，我们正在聚精会神地听课，突然，大家的鼻子里都嗅到了一阵一阵的屎臭气，而且越来越浓烈。讲课的诸葛老师也感觉到了不对劲，后来终于发现是一位平时闷声不响的沙同学出洋相，将大小便拉在了裤裆里，并已渗透出来。同学们不由得嗤嗤地暗笑，有的还用手刮起脸皮，朝对方扮鬼脸。诸葛老师立即停止讲课，先警告大家："不许嘲笑同学！他可能不舒服才会这样的。"然后她又说："现在请各位同学自己复习昨天上的课文，新教的词语重新抄写一遍。有多余工夫可以做其他作业。老师去帮他清理一下。"说着她就拉起沙同学出了教室，而后她提来抹布和拖把，迅速将沙同学留下的污渍擦清爽，又离开教室。过了一节课，沙同学回来的时候好像已洗过澡，换了一身干净的衣服。诸葛老师像什么事也没有发生过一样，重新开始讲课。有趣的是，当天放学回家时，沙同学竟然喊诸葛老师为"妈妈老师"，并要跟她回去。再后来，据说沙同学是一个智障孩子，他退学了。我们没有再见。

诸葛老师后来生了一个弟弟和一个妹妹，搬家去了马当路。我时常去。小学毕业时，同学们相约一道再去看望她，回忆往事，诸葛老师笑眯眯地说："你们那个班都是有爱心、懂礼貌的孩子。"再后来诸葛老师家又搬去了别处。她才是一个有爱心的班主任。

2022 年 9 月

杜甫忽然回草堂

俗话道："洞中方七日，世上已千年。"却说在河南洛阳偃师首阳山洞穴中沉睡了七天多的杜子美老诗人一觉醒来，他以为自己尚在"浣花草堂"，三个哈欠后，感到肚皮还有点胀鼓鼓的，这才忽然回想起来，自己睡前在耒阳方田驿附近的江船上，饿得浑身无力气息奄奄，幸亏县令聂某派人及时送来好多牛肉白酒。这一顿豪吃海喝，直接把一个接近饿毙的杜工部撑得灵魂出窍……数十年后韩愈被谪路过耒阳，留下"今春偶客耒阳路，凄惨去寻江上墓"的诗句凭吊杜诗人。那一刻，杜甫的魂灵头还在悠悠的睡梦中打饱嗝，却不知孙子嗣业趁他长眠不醒，已将他的身子移向首阳山，与远祖当阳侯杜预并列……

杜甫因为醒来第一个念头转到"浣花草堂"，唐乾元二年（759 年），为避"安史之乱"，他拖家带口去成都，经严武等众多好友相助，在城西浣花溪畔搭建过一座草堂。他曾写诗："万里桥西一草堂，百花潭水即沧浪。"他不知往事已越千年，为避免麻烦，他忽然想不妨再回成都去看看。几经辗转，他又来到古蜀文明发祥之地，他知道好友严武离去后此处再没有什么朋友。他以为不过几天工夫，回自己的老屋没有问题。事实上，他兜兜转转，看到地貌已大变，郊区变成了市区，差点找不到回家的路，终于来到成都市青羊区青华路38号。见到“杜甫草堂”，他觉得不像，但还是抬脚就要往里走。

“站住，不许进！”一个门卫立即拦住了他。

杜甫说：“俺回自己家都不许吗？”

“弄啥哩，这是你家？！”门卫“嘁”了一声，“你穿了一身汉服就把这里当你家了？”

“在下正是少陵野老，穿的是唐装，非汉服。”

“你演吧，但要进去必须先买票。”

“买票？俺身上莫说乾元重宝，连一枚铜钱都没有。”杜甫无奈地说。

“谁跟你说铜钱的？一张门票五十元，没钱起开。”

“这真是俺茅屋。咋回自己家还要钱呢，这是啥世道？”

一个老门卫听到对话过来，看了看杜甫，“你这老头儿从哪儿来的？”

杜甫回答道：“中州。”

“哦！瞧你个老扎皮的河南佬，七十岁了吧，带老年证了吗？你如果有身份证也行，让我看看，就放你进去。”

杜甫道：“不瞒您二位管家，俺长得老相，其实才五十九岁。”

“收你二十元吧，没有？那你只能靠边站。”

杜甫道：“奇了怪了！俺在此住了四年，现在回家看看都不许，唉！唉！何时眼前突兀见此屋，吾庐尚在进不得亦哀！”

老门卫听他哀叹就同情地对他说：“你既自称是杜甫，你背诵诗圣十首诗来听听，对了，就让你进去。”

“在下还成诗圣了？”杜甫道：“这个容易，莫说十首，俺在此地曾写诗二百余首。请仔细听俺唱诵。”杜甫一个奔儿不打，一口气吟诵了自创的十多首诗，总算通过了门禁。

杜甫经过照壁入正门，见介绍草堂占地面积有三百亩，吓了一跳，心里说，两间茅屋哪里占偌大地方，眼前分明是一个大庄园啊，好嘛！俺一个工部小官快赶上财主杜员外了。

前面是一座通堂式敞厅——草堂大廨，两壁悬挂有一副长联：异代不同时，问如此江山，龙蜷虎卧几诗客；先生亦流寓，有长留天地，月白风清一草堂。杜甫心说，成都草堂何时筑有大廨？如此排场非出将入相者所有。看那厅内“杜甫”雕像：首昂扬，手颀长，是吾吗？不像、不是也。吾终日奔波劳苦，乃多病潦倒之躯，早已繁霜压鬓，岂能抬头昂扬观六合？

“柴门”如牌坊，也是一个笑话！杜甫不由得引用曹植诗道：“柴门何萧条，狐兔翔我宇。”当初吾以树枝木干等做柴扉，曾吟《柴门》诗一首，“……山荒人民少，地僻日夕佳。贫病固其常，富贵任生涯。老于干戈际，宅幸蓬荜遮……”无非如老友王摩诘所言，增添一扇门而已，“倚杖柴门外，临风听暮蝉”，哪里会变成眼前的一道景观？

诗史堂、工部祠，吾何曾见识过？难以想象。最可笑的是少陵草堂碑亭。吾少陵野老何时与什么劳什子果亲王、花亲王扯上的关系？简直自说自话，放在吾庐一侧也太放肆！“强将笑语供主人，悲见生涯百忧集。”还是直接去茅屋吧！

杜甫看草堂的规模和布局远超自己的想象，远观近瞧，一点都不曾有当初茅屋草堂的影子。茅草整洁，这是精舍草堂抑或是草堂精舍？里头有客堂、书房、卧室和厨房，那么周全考究。想当初茅屋破败，饥儿老妻，“入门依旧四壁空，老妻睹我颜色同。痴儿未知父子礼，叫怒索饭啼门东。”如果新建草堂如此周正，秋风怎会卷我屋上三重茅？吾儿小骥子又怎么会饿得嗷嗷叫喊？当时是彻夜难眠，才写下的《茅屋为秋风所破歌》。其时，狂风破屋，并非虚构，实在焦虑，才写道：“八月秋高风怒号，卷我屋上三重茅。茅飞渡江洒江郊，高者挂罥长林梢，下者飘转沉塘坳。”而面对群童抱茅，出于无奈，也非臆造：“南村群童欺我老无力，忍能对面为盗贼。公然抱茅入竹去，唇焦口燥呼不得，归来倚杖自叹息。”遭受夜雨的痛苦和屋漏的艰难，唯有过来人才能体会到啊。“俄顷风定云墨色，秋天漠漠向昏黑。布衾多年冷似铁，娇儿恶卧踏里裂。床头屋漏无干处，雨脚如麻未断绝。自经丧乱少睡眠，长夜沾湿何由彻！”因此，期盼广厦，绝不是苦中作乐，而是从心里表达一种沉郁的梦想，以升华苦难：“安得广厦千万间，大庇天下寒士俱欢颜！风雨不动安如山。呜呼！何时眼前突兀见此屋，吾庐独破受冻死亦足！”

这绝非吾草堂！想不到吾少陵野老只在山中睡了数日，自建的草堂便已倾毁不存，其间屡建屡废，还不断地重建和修缮！这个“杜甫草堂”全是自以为是者们的臆造物，离真实太远了；也许历史就是如此，天下人所看见的“史书”记载都是所谓历史学家自以为是的东西，他们凭空制造的产物与真正的史实隔着时间帷幕，当事人已无法出面辩驳，所谓的文物随着时间的流逝就变成真的了。可成都草堂是吾少陵野老兴建的，现在的样子怎能冒用吾杜甫的命名呢？呜呼！

杜甫再转念一想，是不是自己太求全责备了？他们——吾少陵野老没法直接面对面的后人们——因为爱你、敬你、念你，所以一而再、再而三地修缮草堂，他们完全是出于好心，却不可能对照最初的草堂原貌来重建，只能按照他们自己的构想和方式来“恢复历史原貌”了；也许，天下所有的名人故居、遗址或纪念堂等，都无不存在这种那种无法验证的遗憾吧？罢了，罢了！老朽何必再去怪罪他们，由他们去纪念自己心中的偶像吧，未必一定要恢复一个穷愁潦倒又多病的真实杜甫。老杇眼不见为净，不想看了，还是回山中去歇歇吧。

杜甫心念一动，早化作一股青烟飘然而去。

2023 年 6 月

活着，从0开始

刚刚过去的壬寅年，我经历了连绵梅雨般的悲伤。先是我一个族中的老大哥亡故，接着是我的初中班主任老师谢世，然后是我的舅妈仙去，再后面是我故事协会的三位老师归天。那些日子，悲哀的氛围仿佛笼罩了一切。对此仿佛再次听到有人感叹 :“人活着真没啥意思，一场空，一个0而已。”

为了进行自我调节和安慰，我再次阅读了余华的小说《活着》，想从中寻找活着的意义。小说以第一人称“福贵”的平静自述，展开了跌宕坎坷的不幸命运，描述了一个家庭在时代浪潮下的缩影。这本书给人的感觉是绝望的疼痛，主人公福贵的一生就是不断失去的过程，失去了财产、房屋，又一个接一个地失去了生命里最重要的亲人。

生能给人带来多大的喜悦，死就能给人带来多大的悲伤。这是人生不可不读的一部经典。余华告诉读者，人是为活着本身而活着，而不是为了活着之外的任何事物所活着。哪怕历经生死、遇到再多常人难以想象的苦难，福贵都没有放弃自己的生命。因为活着就是最好的幸运，也是最大的勇气。

我似乎理解了一些新东西。用花儿精心围成的“0”（花圈）意味着：被我们所悼念的那个人此生已尝遍酸甜苦辣，圆满归 0 了。0 是对“有”的一种否定，原有的活生生的人凋零了、消失了，再也见不到了！我们一息尚存的人期望逝者安息，灵魂升腾，有鲜花环绕，并早作轮回。如有来世，彼此再续前缘。

遇到这种极端的事，我总是默念曹植的诗：“天地无穷极，阴阳转相因。人居一世间，忽若风吹尘……”身居世间，无常百变，人的确像被风随吹随落的尘土一样卑微无奈。但说到人生是一场空、一个 0，没啥意思，我却有些不以为然。

不错，0 的本义确实是没有、虚无，空落落的，但它还可以表示一个位置的存在，一种无法辩驳的圆满。不止这些，0 还有许多丰富的含义：大爆炸的开始，时间的起点，温度中 0 摄氏度界限、运动的 0 加速度状态，电话、邮编等数字编码……在数学中，0 的意义更加广泛。它是自然数的起始点、也是正负数的分界点，前面加上一个正整数，数字就会立即增加到原来的 10 倍……既然一个空洞洞的 0 都有意义，那么，作为活生生的人，怎么能说没啥意思呢？

是的，我们每个人都是从 0 开始，阴阳投缘，精卵契合，妙结胚胎，然后痛苦分娩，出生而成为这颗星球上芸芸众生的一员，或许渺小如我本是一个可有可无的存在，但既然顺应天命，就该竭尽人事。我要明白我在做什么，我绝不能像蜉蝣那样，早上糊里糊涂地出生，晚上又糊里糊涂地死去。糊涂人生才最让人不屑，才真叫没意思哪。

实际上，活着的意义都是人赋予的。人来到这个世界，就像花、草、虫子，是自然和缘起性空的道理体现。一旦有意识地有所付出，有所建树，就会像夏花一样绚烂，有无法抹去的价值显现。回头想想，我的亲戚老大哥自幼丧父，作为五个兄妹的老大，他义无反顾地担起父责养家糊口，照顾弟妹。后来自己成家，夫妻恩爱，结婚六十六年不离不弃，把弟妹和三个子女都培养成对国家对社会的有用之才。他工作积极，不仅获得“光荣在党五十年”的纪念章，还受到单位的多次表彰。同样，来自四川山区、毕业于昆明师范大学的班主任龙朝江老师，被分配到上海教书育人数十年。他学高为师，身正为范，教过的学生中有全国劳模、著名律师……真正是桃李满天下。我的舅妈年轻时送舅舅去参加抗美援朝，保家卫国，仅凭这点就令人肃然起敬。而我尊敬的三位老师曾创作大量的故事，其中何沛忠老师创作有一百三十多部脍炙人口的“滑稽王小毛”系列广播剧，陈海泉老师本职工作是牙医，他喜欢故事，几乎每个月都有新作，周伟民老师在晚报上发表的一字题目的散文，堪称精炼隽永。以上诸位，他们的爱还在，因为我坚信，敬业勤勉、年高德劭的人一定会精神不死。

中国自古以来就有“立德立功立言”人生“三不朽”的追求，这也从某种角度证明，人活一辈子，并不全是一场空，一个 0。我想起中国智慧老人巴金先生的一句名言：“生命的意义在于付出，在于给予，而不是在于接受，也不是在于争取。”他还说：“到了我成灰烬的时候，我的爱我的感情也不会在人间消失。”诚哉斯言。

我想，与《活着》的主人公福贵相比，我们要幸运得多，因此要珍惜所有，每天醒来从 0 开始，务必用坦然的心态，力所能及地有所付出，哪怕写一行字对社会表达一丝诚意，栽花种草，借伞让道，护生行善，发出自己微弱的光热能量，到行将飘零之际，无怨地给世界一个微笑，就好。

2023 年 8 月

好坏都得接受

朋友圈里有个时常聚会的老同事群，去年的一次相聚，龙华老大哥站起来向大家举杯敬酒，郑重其事地宣布：“我以后聚会就不再参加了！”

“为什么？”

“我老伴离不开轮椅，我得照顾好她每顿的吃喝。”

大家听了他的诉说无不表示理解。圈里人都晓得龙华大哥与共和国同龄，属牛，在任何岗位上都埋头苦干是先进，年轻时去安徽五河插队，在那里与同去的上海知青相恋成家。那年月风里雨里战天斗地，他们都不怕吃苦不惜力，其爱人落下了类风湿性关节炎毛病。他们夫妻俩回沪后非常巧地成为我们的同事，两人恩爱有加，堪称单位里的一对模范夫妻。退休后，妻子腿脚逐渐不灵，只能坐轮椅，龙华大哥始终不离不弃，一直陪伴左右，放弃了许多赚钱和游山玩水的机会。他坦然地说：“夫妻一场，好坏你都得接受。”

听了老大哥的话，我倒是想起了另一位女性李同学，我曾一度羡慕过她的好命。中学毕业时，我们有的被安排去了农村，有的去了工矿，她偏偏在我们分配工作的前一年穿上军装，当了一名光荣的海军。在部队，她红鸾星动，看上一位亦师亦友的战友，后来两人喜结连理。再后来，两人复员回沪，她顺风顺水地做厂医，当办公室主任，直到退休。大约十年前，她丈夫查出患了脑瘤，经手术性命无虞，但不再有以前的英俊与潇洒，生活必须得有人照顾。李同学面对变故坦然接受，凭着她医护人员的耐心细心，十年如一日把丈夫照护得妥妥的，同时还把小孙子也呵护得棒棒的，偶尔看到她在朋友圈里晒图，表达她眼下既辛苦又幸福。

我年轻时，乃至从童年起，总习惯性要把任何东西包括人、事、物先分成好的与坏的，然后区别对待，就像对待祸福一样，有避有趋，每遇年节或纪念日总祈祷吉祥幸福降临，坏的去好的来，围绕自己的都是风调雨顺，如意畅达。

年岁渐长，方觉不如意事常八九，本就不存在只好不坏的心想事成。妻子由于多年前去观赏尼亚加拉瀑布时腿脚受潮扭伤，前一段时间，老伤复发又加上软组织老化，致使行走不便，连买菜籴米都难以顺利进行，作为丈夫，我当然得责无旁贷地担负起爱护亲人的责任。我由此就想起了老大哥和李同学，感同身受。

人同此心，心同此理。古人讲“地势坤，君子以厚德载物”，意思是大地的气势宽厚和顺，君子应增厚美德，容载万物。我现在对“厚德载物”这句话有了些新的理解感悟：人要学的是一种胸怀，像大地那样宽厚不拒，无论好坏都去承载、认领和接受。大地不可能只承载好的东西，把所有的坏东西丢到别的世界去，同理，我们也不可能把自己不想要的坏东西统统丢给别人，只把美好的东西揽在怀里。那样既做不到，也不道德。所以，人有双肩，必须有所承担；我们在生命的进程中，要开明大气，穷富不纠结，好坏都接受，勇毅承担家庭与生命大义，笑看花开花落。这样，才不失君子风度。

2024 年 1 月

故事家的故事

2021年12月4日下午，杨浦区故事协会微信群传来一条令群里所有人感到震惊的信息：杨浦区故事协会元老、“上海十大民间故事家”之一、杨浦区扬剧和民间故事非物质文化传承人徐少华老师因肺病在家中去世。微信群顿时一片唏嘘，无不表示沉痛哀悼。

人居世间，无常百变。10月23日，杨浦区故事协会全体文友同仁还为包括徐老在内的六位耄耋故事人举办庆生会，当时徐老戴上寿星帽，笑容满面接受大家的祝福。谁能想到，不到两个月他传奇的人生故事竟会这样遽然结尾！

徐老1932年12月出生于江苏泰州东郊的梨园世家，虽然仅读过两年半私塾，但他自小聪明，有过目不忘、触类旁通的本领，四岁跟父亲学戏，七岁就开始上台演出娃娃戏，会唱《武家坡》《斩经堂》，从留声机里听两遍《借东风》，就学唱得一字不差，被当地父老乡亲称为神童。到十六岁时他跟随演唱团队，到处唱堂会已闻名乡里，由于他能拉会唱，京胡、三弦、唢呐样样精通，已是演唱团体中的佼佼者，人也越发显得英俊聪慧，“吸粉”无数，有一家有闺女的大户人家看中他，要招他为婿。徐少华父母当时也已允许。一肚皮逼婚、抗婚、逃婚之类戏曲知识在身的徐少华偏偏不答应这门婚事，他选择了逃婚。

这样，年少气盛的徐少华只身闯荡大上海，在走投无路之际，巧遇在“大世界”吃“天皇饭”（唱戏人的行话）的李月春，经介绍，进了李月春唱戏的京剧班子拉琴。工资一天一元钱（当时八分钱一斤大米），徐少华真是喜出望外，从此在上海立住了脚跟。后来京剧一度萧条冷落，徐少华随即转攻扬剧（又称维扬戏）。扬剧的说、学、逗、唱更接近他的家乡话，他演得愈加得心应手，经过几十年坚持不懈地努力，他演出的传统剧目，在国外华侨中也有好多“粉丝”，深获好评。徐少华不但扬剧名震四方，他演出的评话，也得到王少堂等老前辈的称赞。徐少华在担任上海联谊扬剧团的团长期间，曾把许多民间故事改编成民间戏曲，自编、自导、自演，如《乔奶奶看龙船》《王婆卖瓜》《李奶奶找鸡》等。退休以后，他还一度担任杨浦区长白街道文化站的宣传队长，并在街道设有扬剧非遗文化传承人工作室，将来拜师的扬州剧团团长吴国才收为徒弟，悉心指导。

徐少华不仅戏唱得好，讲故事也极其出彩。他幼年时，家中一年到头都有不少民间艺人来访，每逢阴雨天或者大热天、寒冷天不能外出演戏，便聚在家里讲述各类传统故事。

徐少华把听到的民间故事，全都记在脑海中，其中有不少妙趣横生的神话故事、引人一笑的民间传说等，题材广泛，内容丰富。他后来成为杨浦区故事协会理事后，常常说，他小时候喜欢听祖母讲鬼故事，更爱听外婆讲神话故事，后来跑过三关六码头，接触三教九流的人物，积累的故事也就越来越多。在每月一期的《杨浦故事》报上，几乎期期都刊有他收集整理出来的民间故事。1992 年 10 月，通过全市民间文学普查，上海市委宣传部等四个发起单位在众多故事家中表彰命名了上海十大民间故事讲述家。其标准除了能讲述故事一百则以上，还要求故事家讲述故事有自己的风格特色，有广泛的社会影响，并为当地群众公认。徐少华回忆、整理并讲述了一百零八篇民间故事，先后编印《传统扬剧剧本精选》《徐少华民间故事戏曲汇编》，他撰写的《高庙和尚和八哥》《落水鬼善心得好报》等作品入选《中国民间故事集成》，最终顺理成章地被上海市委宣传部命名为“上海十大民间故事家”。

徐老能唱会讲，其自身的故事也非常精彩。下面简要说二三事。他心灵手巧，动手能力极强。他曾自己成功利用蛇皮等物品制作乐器二胡，并不比买来的逊色。他拉琴的本领特强，不仅正反手都会拉，甚至双手背在身后照样拉得悠扬唯美。他曾经有两次自行车被偷走又在无意间被找到取回的经历。最有意思的是，他八十多岁时，门牙松动掉落后，竟然自己利用麻将牌的白料一段，打磨成门牙，然后将做好的牙齿用细铜丝串联起来，并固定在还好的牙齿上。经过试吃大饼油条，效果蛮好。到临终前他先后自己动手换了两次门牙，结果既没有影响说话也没有影响吃东西，还节省了去牙防所换假牙的费用，真是奇人一枚也。

2023 年

游荡在梦里醉乡的李白

深秋白露夜，也许是白天翻阅了太多的唐诗，我夜间忽然做梦去了安徽马鞍山翠螺山麓的采石矶。在圆梦园邂逅了一位峨冠博带、白衣楚楚的老剑客，我一眼便认出是太白谪仙人。他正迎面而来，浑身散发着酒气，也不睬我，只是边走边唱他的《夜泊牛渚怀古》："牛渚西江夜，青天无片云……"我觉得他本性难改，还是目中无人的样子，悠悠一千二百年飞逝，他依然游荡在虚无缥缈的梦里醉乡没有出来。

年轻时读李杜诗篇，感觉李白充满仙气，豪迈飞扬，杜甫像个老头儿沉郁宏阔，我比较崇拜前者，诗赋篇篇有凡人难以企及的奇特想象，"手中电曳倚天剑，直斩长鲸海水开"，使人神往，别开生面。等过了太白在当涂失联的年纪，按今天的眼光看，这个以不世之才自居，以"奋其智能，愿为辅弼，使寰区大定，海县清一"为理想的超人，不过是一个缺乏政治观念，纪律涣散，工作时酗酒、恃才傲物，目无领导和同僚，自由散漫不务实的浪荡汉子。幸亏他活在唐朝，虚头巴脑、高调张扬地成就了一个诗人，换其他朝代，恐怕他早就下场难看，死翘翘了。

就像英国小说家乔治·奥威尔评论莎士比亚那样，称莎士比亚虽然是了不起的文学天才，但他的思想体系跟一袋子破抹布差不多。这段评价，套用在李白身上几乎同样适合。李白这人的三观有些另类，一生好像都在做着自我陶醉的求证，证明自己无所不能，尤其是酒后，自吹自擂不仅是文学家、武术家，而且是政治家、军事家，甚至还是下凡的仙人。说到写作，他曾大言不惭地说："（从弟）常醉目吾曰：'兄心肝五脏，皆锦绣耶！不然，何开口成文，挥翰雾散？'因抚掌大笑，扬眉当之。"提到武术，他牛×哄哄地说："闲骑骏马猎，一射两虎穿。回旋若流光，转背落双鸢。""托身白刃里，杀人红尘中。当朝揖高义，举世称英雄。"谈到抱负，他更是一生矢志不渝地追求实现"谈笑安黎元""终与安社稷"。他自比大鹏、天马和雄剑："大鹏一日同风起，扶摇直上九万里。假令风歇时下来，犹能簸却沧溟水。"（《上李邕》）他臆想自己能像姜子牙那样辅佐明君，像诸葛亮那样兴复汉室，《梁甫吟》《读诸葛武侯传抒怀》等篇章都反映了他的这类梦想。至于做神仙，他早就撂下一句话："余昔于江陵，见天台司马子微，谓余有仙风道骨，可与神游八极之表。"当长安"秘书外监"贺知章称他为"谪仙人"时，他颇为受用。很多年后他还作诗念念不忘："长安一相见，呼我谪仙人。"(《对酒忆贺监》)因而，他始终认为自己是天才，与众不同。

李白好做白日梦，又嗜酒如命，而且习惯端起酒杯就信口开河，乱开大兴到令人讨厌的程度。"天子呼来不上船，自称臣是酒中仙。"据查，他留存在世的一千多首诗中，提到月的有三百多篇，孤独时抬头望天，那种意蕴简直如梦如幻；提到酒的有二百多首，开心不开心都喝，那种酣畅唯有醉中舞剑。喝上两杯他就吹牛："曩昔东游维扬，不逾一年，散金三十余万，有落魄公子，悉皆济之。"他在旅途中一度穷困窘迫，喝酒成为难题，当地朋友好心给他送钱。拿到钱后，他毫不客气地作诗道："赠微所费广，斗水浇长鲸！"把自己当作浇不饱的大鲸鱼，令朋友们情以何堪，唯有摇头加叹息！

开元十三年（725 年），二十五岁的李白"仗剑去国，辞亲远游"，带着经天纬地的雄心和改天换地的豪情，从蜀地出发走四方，后奔长安，兜兜转转目的只有一个——求官做，为了梦寐以求当上官，开元二十二年（734 年），李白为唐玄宗献上自己的作品《明堂赋》，赋云："穹崇明堂，倚天开兮……"开元二十三年（735 年），李白趁唐玄宗狩猎之机，再次献上新作《大猎赋》，企图以"大道匡君，示物周博……"博得玄宗的赏识。可惜，几次歌功颂德拍马屁都无果，那些蹉跎岁月，他曾"孤剑谁托，悲歌自怜。迫于凄惶，席不暇暖……"(《上安州李长史书》)经受了众多官僚的冷落与轻视，简直愁煞！

直到天宝元年（742 年）李白四十二岁时，天可怜见，终于第一次涉足政坛。由于玉真公主和贺知章的推荐，唐玄宗李隆基才看了李白的诗赋，从而对其产生钦慕，便召他进宫。李白顿时将先前的郁闷、屈辱和挫折一扫而光，“仰天大笑出门去，我辈岂是蓬蒿人！”他天真地以为皇上会与他“共商国是”，立即做起了进入凌烟阁的大头梦。

初次接见，唐玄宗给足他面子，不仅“降辇步迎，如见绮皓。以七宝床赐食，御手调羹以饭之”，还对李白说：“卿是布衣，名为朕知，非素蓄道义，何以至此？”（李阳冰《草堂集序》）也算是玄宗知人善任，看中了他会写诗的文才，任命他为翰林待诏，在宫中翰林院供职，相当于如今一个负责文艺活动的秘书。李白想得太多了，还以为是单独帮皇帝秘密写诏书，与君共谋顶层设计，商讨国计民生大事哪！于是便有了“戏万乘若僚友，视俦列如草芥”的怪异举动，为了图一时之快，醉醺醺的他叫早就看不惯的宦官高力士为其脱靴，这反映了膨胀的李白完全不懂办公室政治，不了解职场规矩，连唐玄宗都指着他对高力士说：“此人固穷相。”（据《旧唐书高力士传》）结果是皇帝只叫他写诗。

玄宗与杨玉环去庆兴宫赏花游玩，面对美人美景，一时兴起，唤来已经有些酩酊的李白作诗助兴，于是就有了流传千年的三首《清平调》：“云想衣裳花想容，春风拂槛露华浓……”如此这般，再三再四，虽然可以“出入宫中，恩礼殊厚”“入侍瑶池宴，出陪玉辇行”，但偶尔酒醒，李白想想自己与其他为天子逗乐的小丑或鸡坊间的斗鸡者没啥两样，眼睁睁一番雄心壮志化为泡影……从此面对官场的卑鄙与黑暗，上级画的饼、同僚带的瓜，他不闻不问，上班时以酒浇愁，只顾自己摸鱼，不过三年，到天宝三载（744 年）李白四十四岁时，唐玄宗也禁不住翰林院的卷和宦官的谗言，总算惜其诗才，便客气地赐金让他“还山”。“弃我去者昨日之日不可留，乱我心者今日之日多烦忧。”（《宣州谢朓楼饯别校书叔云》）

李白被赐金放还后云游齐鲁，愁闷中结识了杜甫，两人结伴同游。杜甫见李白老大哥为人狷狂，不拘俗礼，深感担忧。作诗一首《赠李白》：“秋来相顾尚飘蓬，未就丹砂愧葛洪。痛饮狂歌空度日，飞扬跋扈为谁雄？”杜甫看得分明，说得恳切，既有劝诫朋友之意，又有自警自省之意。可惜，李白少有清醒的日子。

李白第二次涉足政治其实是他的灾难。唐肃宗至德二年（757 年），五十七岁的李白加入永王李璘的造反部队。这是他一生中最糊涂、最不靠谱的举动。但当时的李白却非常意气风发，鲜格格地（自我感觉良好，不自知）作组诗《永王东巡歌》十一首抒发了其建功报国的情怀。“三川北虏乱如麻，四海南奔似永嘉。但用东山谢安石，为君谈笑净胡沙。”他梦游一般地要以东晋大将军谢安为榜样，“功成去五湖”，名垂史册。可他站错了队，永王造反兵败后，李白在浔阳入狱，参与叛乱本是要杀头的罪，亏得他老婆宗氏多方打点，又经时任宣慰大使的崔涣、郭子仪以及御史中丞的宋若思等营救，向皇帝再三说好话，才被改判流放夜郎（今贵州桐梓）。成为宋若思的幕僚后，李白天真得可笑，竟然还在做当官的痴梦，并以宋若思的名义写信再次向朝廷推荐自己，希望再度能得到朝廷的任用。连后世的苏东坡都说："李太白，狂士也。又尝失节于永王璘，此岂济世之人哉？"其弟苏辙评得更到位："李白诗类其为人，骏发豪放，华而不实，好事喜名，不知义理之所在也。语用兵，则先登陷阵，不以为难；语游侠，则白昼杀人，不以为非。此岂其诚能也哉！白始以酒诗奉事明皇，遇谗而去，所至不改其旧。永王将窃江淮，白起而从之不疑，遂以放死。"（《栾城三集》）

公元 759 年，就在李白流放途中，本以为自己一把老骨头将要葬送在夜郎山坳坳里，万念俱灰之时，忽然收到唐肃宗大赦天下的消息，他狂喜得诗，当即乘坐一叶小舟，迅速沿东而下直达江陵。有流传千古的七绝为证（《早发白帝城》），死里逃生，就像捡了一条命似的，好不痛快。

可想而知，像李白这样，生在唐代实在是幸运。如果是宋朝，肯定会被那些正经官僚攻讦撕咬，被发配时脸上还要刺字，流放何止是夜郎，恐怕还要去更遥远更蛮荒的所在，难以翻身。倘若是明朝，不被东厂或西厂的特务干掉，也要被锦衣卫捉起来，下场难以预料。清朝就更难看了，饮酒不到三杯，才开始吹牛，就得被发往宁古塔终生为奴，或者受文字狱之罪被割头。假如在当代，他这样个人主义泛滥、自由主义作祟的不安分分子，也好不到哪里去。也只有在唐朝，人们态度比较宽容，心地不设防，可以唐三彩斑斓，也可以醉酒放歌，尽可自在热闹，对待诗人和诗赋都是真心的敬重，确实是唐朝成全了李白，也是李白点缀了唐朝，并把诗赋推向了高峰。可见，命运是最好的安排不无道理。

“有的人活着，他已经死了；有的人死了，他还活着。”最后顺便提一提李白的生与死。有趣得很，李白至今还是一个生死不明的人。

据记载，李白的出生有两种说法。一种是在公元 701 年 2 月 28 日，李白出生于蜀郡绵州昌隆县，也就是如今的四川省江油市。其祖籍在陇西成纪（今甘肃省秦安县），其家世、家族皆不详。另一种是在公元 701 年 2 月 28 日，李白出生于西域碎叶小镇。当地早在汉武帝时期，被纳入汉朝的版图。公元七世纪，碎叶与龟兹、疏勒、于阗属于大唐王朝的安西四镇之一。按现在的看法，该碎叶是如今的吉尔吉斯斯坦的托克马克市，一座中亚与俄罗斯风格混搭的优美小城。据《新唐书》说：“白之生，母梦长庚星，因以命之。”也就是说，李白的名字，得之于母亲在生他的时候梦见了太白星，也就是我们地理课上听到的正规名称叫金星，通常它清晨在东方天空亮晶晶地出现，被唤作启明星，晚间在西方天空出现，被称为长庚星。李白出生后，其父挈妇将雏一家人逃归于蜀，定居绵州昌隆县青莲乡。公元 705 年武则天去世那年，李白五岁，开始读书识字。十五岁已有诗赋多首，并得到社会名流的推崇，同时好剑术,喜任侠。十八岁隐居大山学道,所以,他有大号“青莲居士”。后来走出家门云游各地就成为一个大家所熟悉的诗人。

关于李白归道山，历来也是众说纷纭。总体上有三种说法：在公元 762 年 12 月，他六十二岁时，具体哪一天已无法确定。第一种见诸《旧唐书》，说李白“以饮酒过度，醉死于宣城”；第二种见诸其他专家学者的考证，说李白病死于当涂县令、唐代最有名的篆书家李阳冰处；第三种则多见诸民间传说，说李白在当涂的江上饮酒，因大醉跳入水中捉月而溺亡。

李白究竟是哪一种失联法，莫衷一是，就像当年马航 370 那样，没人看到，无法确定。李白的出生地我没有去过，也许去了也找不到在何处。李白的墓园我去过，在安徽马鞍山，枕着郁郁葱葱的青林山。走进墓园，你会看到墓碑上书有“唐名贤李太白之墓”几个大楷体红字。有人说是衣冠冢，有人相信李白就在那里沉睡已逾一千二百年，但我却认为，他的诗魂还在华夏大地上游荡，因为他的个性里有着欧亚腹地游牧民族长袖善舞的任性、有五胡和北魏的风姿，有“明月出天山，苍茫云海间”的气势，有“人生在世不称意，明朝散发弄扁舟”的归隐秘法，还有梦、酒和剑……他只是失联而已。

2024 年 2 月

第二辑

可歌的往事

从偷读《燕山夜话》开始

“文化大革命”的时候，我才九岁，还是懵懵懂懂的年纪。有一天，老房子弄堂口开始“破四旧”。邻居中有人毅然将放在家里的一口棺材扛出来，一阵“噼啪”之后，点燃了火，同时从屋里扔出很多的家藏图书画册，毫不留情地朝火里送。望着熊熊的火光，我和一群小伙伴突然兴奋起来，“革命啦！革命啦！”地乱叫。也不知出于什么原因，我就在那次乱糟糟的焚书过程中拾到了那本书（其实是已撕破的小半本书），而且把它偷偷带回家，藏在了床底下。

过了大概三年，我才知道我所收藏的那本残书是“三家村”的掌门人邓拓写的“黑书”——《燕山夜话》。因为是禁书，我当时不敢示人，只能偷偷看。那时，家里有知识爱读书的大哥、二哥相继去了广阔天地，爸爸总不在家，姐姐不耐烦读书，妈妈又是初小文化，家里几乎乱了方寸，读书之事自然没人管了。老实说，我最初确实睁着警惕的、批判的眼睛去读那本残书的，文章不长，许多字不认识，但大致能看得下来。可叹的是，尽管我已有天天读“最高指示”的功底，但毕竟功夫不到家，不但批判不了它，反而“中了毒”，竟然觉得它还是讲道理的，且讲得有根有据，的确是那么回事。

1974 年我家搬迁，搬家前，我没有留意，妈妈便将那本残书连同废报纸一股脑儿全卖给了废品回收站。为此，第二天我特地去废品回收站想赎回那书，但没有成功。1979 年《燕山夜话》在北京重新出版，重见天日！第二年，知心朋友赠我一本，我欣喜不已，真有些“读未见书，如遇良友，读已见书，如遇故人”之感。每每品味《燕山夜话》，总让我感觉是在聆听一位博闻强记的知识老人的教诲，谈天说地，说古论今，有时一针见血，有时含义深刻，令人难忘，获益匪浅。开篇的《生命的三分之一》至今犹在开导我珍惜生命，对业余时间也不要蹉跎。人的素质高低，其实最容易从八小时工作以外的行动去衡量。这本书让我逐渐养成了读书阅报、涵养冲虚的习惯，虽然鄙人鲁钝，长进不大，建树更少，却也获得同事书友的认可。2002 年 4 月，单位成立了读书联谊会，工会书友推荐我为会长，我颇引以为豪，这都得自于《燕山夜话》这本书的启蒙。

2002 年 8 月

六十岁到来的时候

六十岁是人生的一个单元，好像画阿Q的“Q”字似的，职业生涯画了个圈，以后的光景就像那根拖着的小辫子，该怎样画就怎样画，随主人心意便是了。

偶尔翻看少年同学、老同事微信好友群里的照片，面对那些熟悉而遥远的面孔，往事就不请自来，仿佛就在昨天。当别人称赞你的文章妙不可言时你已无动于衷，当别人批评你习惯按老办法做事时你只一笑了之，所谓耳顺，其实是别人对你的要求降低了，因为你整改的机会少之又少，何必计较。当然，你不是橡皮人，你懂得清白荣辱，知晓酸甜轻重，只是无违于心罢了，只有当别人称赞你的孩子、小辈聪明出息时，你才真正笑逐颜开……

六十岁叫“杖乡”，意思是还乡之年，也就是回家歇憩的时候到了，就是那只即将跑出玉米地的猴子，先前刚冲进玉米地看到那么多玉米时好不快活，总觉得好玉米有的是，便一路掰、一路扔，心忖前头肯定还有更大的玉米。

现在不一样了，抓在手里的玉米不敢随便乱扔了，天意造化本是宿命，谁知道前面是不是真的还有更大的玉米？

六十岁时到底有些明白了“离离原上草，一岁一枯荣”“人事有代谢，往来成古今”的道理，这世界再美的花都会凋谢，永开不败的，是塑料花，没有芬芳。

还多少知道看别人清楚、看自己糊涂的目睫之困，“能见百步之外而不能自见其睫”。那是个民间故事：有位盲人过一座没有河的矮桥，一不留神跌了跤，情急之下便死死抱住桥身大呼“救命啊！救命啊！”，其实他一放手就落到实地上了，什么事都不会有。你听懂了的话，到六十岁，就乐得豁然地放开手，落到实地，很踏实的。

六十岁职业的学习结业了，下一个单元是社会大学。生活还在继续，太阳每天都是新的，要学的东西还真学不完，那就终身做个学生吧。

2017 年 1 月

时间就在那儿

虽然妻子嘴上时常唱《时间都去哪儿了》,其实,她懂的,时间就在那儿。近在眼前远在天边，像一个透明人，不吃不喝，在很久很久以前就在那儿，它哪儿也没去，它洞察一切，在所有的故事开始前，它就了解，包括你出生以前它就知晓谁是你,甚至已知将来你又是谁,它视万物如刍狗,所有故事的结局它都清楚，并且不笑不恼不泄露天机，也无欢喜也无悲……有人说它太匆匆瞬息万变，有人说它像流水“逝者如斯夫”,还有人说它就是如来的手掌,操控一切。其实，时间就像柳宗元笔下那位“独钓寒江雪”的老翁一样蹲在那儿，它以不变应万变，而所有的事件，包括一切的生命都在它面前变化、嬉戏、穿越，古往今来，多少人物来时糊涂去时迷……

这一点，我相信鲍尔吉·原野说的 :“生命，是说所有生灵的命，不光是庄稼和草，还有几千种小虫子。有的小虫用一天时间从柳枝的这一端爬到那一端，而它不过活十天左右。小虫不会因为一生只有十天而快跑或慢爬，更不会因此哭泣。每一种生物对时间的感受都不一样，就像天上神仙叹息人生百年太短。小虫的时间是一条梦幻的河流，没有‘年’‘月’‘日’。命对人来说是寿，对小虫来说是自然。虫鸟比人更懂缘起性空的道理。”

时间就在那儿，见证天育物、地生财、人代谢。你看见时间了吗？当然没有。你看到日晷、沙漏、钟表，以为看到了时间，其实不是，就像雄鸡叫日出一般，雄鸡不叫，太阳照常升起，时间是何等的光景？你也能看见！无比智慧的时间圣者常常以昼夜光影或春夏秋冬的面貌出席，只让你感受，让你体会。你说“时间不等人”。说穿了，时间是无可无不可的，它等你一万年又何妨？实在呢，是人耗不起，生命有限，没有退路；你活在当下，在竞争性的今天干，就得及时醒悟，青春美好，人生却是一张单程票，禁不起任性的“自我”挥霍，懂得这样的道理，想必，会珍惜今后的人生。

时间就在那儿，看着哪！

2017 年 2 月

和谐基金增进亲情

2016 年 8 月，我尊敬的九十二岁的丈母娘归天，去与我的老泰山相伴了。丧事毕，妻子家六个内兄弟姐妹专门开了一次会，决定将老人家遗留下来的部分钱款建立一个家族和谐基金，用于家祭、团聚和对外交往等。一年多来，家族和谐基金的建立与运作，完全可以告慰在天上的两位老人家：大家族团结和谐如故，关系和睦融洽，进一步增进了亲情。

家族和谐基金的使用和保管有规有矩，六兄妹各司其职，好在都已退休，有的是时间。因此，安排做事，既考虑按年龄长幼，又考虑到退休前的工作情况，适当分工。内兄大阿哥作为老大，以前是国有企业的一位集团领导，大家信任，赋予“一支笔”的签字权；大阿姐以前是检察官，遇事严肃认真，负责对外联络事项，赋予“外交权”可以放心；小阿姐曾经做过私企老总，熟悉资金流转，负责内审，授予监督权；二阿哥曾经做过企业的总务科长，又熟悉烹饪，因此负责操办各项具体事务，小菜一碟；小阿哥也曾经是企业的头头，又精通电脑，因此负责做计划预算，简直不费吹灰之力；我妻子在家排行老六，最小，在单位曾经做过财务出纳，因此负责基金保管、做账，顺便理财，也是笃悠悠。一年多来，六个小家庭逢春节、国庆必定聚会，其乐融融，畅谈交流，乐享亲情，以前轮流到各家，现在上饭店比较多。逢清明、冬至以及父母的忌日必定举行家祭，绝大多数在二阿哥家，因为两位老人家生前居住于此处，内兄二阿哥夫妇又都是烹饪高手，羹饭十二道菜，菜式路数清楚，色香味形俱全。烛光香雾中，家人依次叩首祭拜，告慰先人，兄友弟恭，夫和妇柔，全家敬老爱幼，子女学习刻苦，工作敬业，事师懂礼，交友讲信，注重立德，谦恭修业，家风犹在。

俗话说，父母是我们与死亡之间的一堵墙。墙倒了，家就塌了散了。在父母离开之后，妻子家六兄妹发起建立并运作的家族和谐基金，使家庭稳固甜美，家教尚德廉明，家风和气顺畅。同时，让我们真切地体会到要珍惜时间，更慷慨地付出爱心，更勇敢地直面人生，更珍贵地对待亲情。

2017 年 2 月

此生难了杨浦缘

我与杨浦的缘分源于父亲。小辰光我就晓得杨浦离家很远。我生长在卢湾区丽园路的弄堂房子里。会野走白相时，与要好的男小顽一道朝南走，最远的地方去过龙华。那里有飞机场，看飞机飞升降落很稀奇有趣的。往北走，去过淮海路、八仙桥、外滩和外白渡桥，大多是为了捡水果糖的包装纸。糖纸头的花色各种各样，图案争奇斗艳，好看得很。回家后把捡到的糖纸头往脸盆水里浸一下，捞出来贴到窗玻璃上，晾干后，夹在书或笔记本里，像集邮一样，偶尔取出来与小伙伴比一比谁的多谁的漂亮，是值得自豪的珍藏。

我爹爹在杨树浦一爿名叫恒丰立绒丝织厂的单位里做机械保全工，每月挣一百多块钱。20 世纪 60 年代初，我们家共有八口人。年纪最大的是八十多岁的娘娘（绍兴人这样叫祖母），一个非常勤劳的老人家。我姆妈原先在针织厂工作，后因失业在家，后来凭失业证去街道食堂做生活。

我上面有两个哥哥一个姐姐，还有一个小弟，出生几年以后意外夭亡了。就因为在杨树浦的丝织厂离家远的缘故，爹爹不是每天回家。他平时住在厂宿舍，一个礼拜回家一趟。礼拜四是休息天，对于我们家来说就是节日，阖家团圆的日子，一家人有说有笑，其乐融融。每次回家，爹爹都会从手提包里拿出我们兄弟姊妹盼望一周的馒头、糕点等解馋食品。姆妈总会提前一天去买凭票供应的肉蛋等好些副食品、可口的菜蔬，还有应季的水果，供一家人共享。这样的日子，姆妈的口气会变得特别温柔，人也好看。

我头一次走进杨浦，还是懵懂少年，依稀记得是爹爹带我去参加亲子活动，好像是过儿童节，厂俱乐部安排了套圈啊，猜谜啊等活动，一切都很新鲜刺激。那天，爹爹领着我走到斜徐路近鲁班路口，乘上2路当当电车，转弯抹角开到东新桥转车，末了还要换乘8路电车，经过外白渡桥、提篮桥，最后沿杨树浦路开过去，电车轨道亮闪闪的，还在延伸。我们到许昌路站下车，然后沿许昌路朝南走到笃底。那就是已经更名的上海第三丝织厂。厂房有些年头，里头是木结构的陈旧扶梯，走廊光线暗淡。丝织厂旁边有一座看上去像童话故事里的大楼，外墙用清水砖砌筑，镶红砖腰线，很嗲、很迷人的宫殿。爹爹告诉我，那是制造自来水的杨树浦水厂。至今印象深刻。

我以为我与杨浦的缘分也就到此为止了，其实不然，多年以后我才晓得，世上无故事，命运早安排。我与杨浦的情结绕不开爹爹的丝织厂。1968 年 8 月，我大哥写血书表决心去了黑龙江军垦农场。隔年知识青年“一片红”去农村，二哥不得不自找出路去浙江农村插队。后来姐姐被分配在本市机电一局工作。等到我中学毕业，1975 年 3 月通知我去上海港务局杨树浦装卸站(后来的上港十区)报到。顾名思义，我以为单位在杨浦区，其实它属于宝山地区的军工路一段，与杨浦的关系仅仅是路过。

20 世纪 80 年代初，知识青年按政策可以返城。奇巧，爹爹面临退休，大哥就顶替到了丝织厂。一开始做杂务工，后来厂里公开招聘人才。经过考核，大哥进了财务科（后来任副科长）。一同应聘的有个从安徽返沪的戴姓女知青，去了厂计划科（后来任副厂长）。这本来与我无关，但是老天安排他们两个将成为我的婚姻介绍人。我工作十年，还算有进步，调到单位的经理办公室做秘书工作。但是，我在情感方面的迟钝简直到了木知木觉的程度，三十岁时依然形单影只，虽然接触过几个女生，但从未动心，常有“秋水伊人，一时难觅”的喟叹。有一天，大哥向我介绍：“厂里副厂长有个妹妹，去见一面吧！”于是一个周末的晚上，在当时的控江路与黄兴路交叉处的控江文化馆门口，我第一次见到了我的爱人——阿珍向我走来。那是冬季，风有些硬，我们并不是一见钟情的那种，只是觉得彼此还谈得来，心里是热乎乎的，便不觉得天冷。阿珍祖籍宁波，有女人味，温婉贤淑，清爽聪明，讲话爱用象声词，小我四岁，在印刷三厂上班。当时我刚入党，业余时间还在阜新路25号读电视大学公共关系专业。阿珍的娘家就在附近的辽源新村，那是20世纪50年代末，由丝织厂公助私建的房子。我这才晓得阿珍的爸妈、二姐和二嫂都在丝织厂工作，且都晓得我爹爹这人。这又增添了亲近感。趁我读书的间隙，我们就频繁约会，常常在鞍山新村的小花园里见面，然后逛杨浦马路、尝小吃、看电影，日久生情，渐渐就互相认可了。

1989年，我们正式确定了夫妻关系。隔年，单位考虑到我大龄结婚，福利分房增配我一套一室一厅的新房。新房在殷行路近中原路口的590弄里。能成为杨浦区的一位新户主，我是既高兴又略微有些遗憾。高兴不提了，遗憾是住处相当偏僻，落乡，四围皆农田。空气中弥漫着青草、牛粪和其他东西的混合味，照阿珍的话说叫大自然气息浓厚。1990年的殷行路正在扩建，路面泥泞不堪，七高八低。而中原路更狭窄，泥沙路一条，而且到民星路那里就断了，行路难倒在其次，主要是荒凉，缺少商铺，连烟纸店都少有，生活很不方便，需要一些像样的物品，就得乘车到五角场朝阳百货商店去买。90路或75路公交车至少一刻钟一班，还得先步行到闸殷路或者军工路车站，出行颇麻烦。住进新房是在热天，夏夜印象最深的是蚊子多，蚊香纱窗根本无济于事，我和阿珍发明了用吸尘器吸蚊虫的办法，还真有效。一困觉就听到蛙声四起，“呱呱呱……”格外清晰，再无睡意。

变化在随时进行。不过三五年光景，我亲见了杨浦奇迹。当时的上海市市长亲临建设中的中原小区调研考察，几乎与浦东改革开放同步，这里除了原先就有的工农新村，附近的开鲁新村、市光新村、国和新村像搭积木似的相继建成，整个中原小区以全新的规模、姿态童话般地呈现在世人眼前。中原路与营口路打通，成为殷行街道最地道的通衢大道。左面世界路拓宽了，右面包头路不仅拓宽，而且延伸了。几条路都开辟了公交线。从北到南依次新建了开鲁路、市光路、国和路和嫩江路，一律是中规中矩的柏油路面。菜市场有了，超市开了，商铺、饭店、学校、医院，还有文化宫应有尽有，生活方便了，人气旺了，心也逐渐安稳平和，岁月静好。新世纪以来变化更快，8 号地铁线的开通，提高了这里人的生活效率。

远亲不如近邻，好邻居是前世修来的福分，也是杨浦馈赠于我及家人最可心最受用的礼物。1991年秋天，我一生最重要的作品——女儿问世了。在当时没有煤气、连牛奶和肉蛋等副食品都要凭票供应的情况下，我和阿珍初为人父母，不免手忙脚乱。虽然我姆妈和丈母娘都竭尽全力帮忙，但是在平常日子，好邻居随时相助就显得格外重要。幸好一梯两户，对门住着一位乐于助人、真诚豪爽的山东阿婆。巧的是，阿婆有个外孙女与我女儿同龄。她在带外孙女的同时，也想方设法帮助我们。举个例子，有那么几个月，阿珍发觉家里的水、电、煤付费单子没有收到。打电话过去问，回答说已经付清了。奇了怪了！于是试着去对门问山东阿婆。阿婆翻找到发票收据，这才说已经顺带付了钱。我们再三感谢。阿婆哈哈笑着说：“没事，没事！”由此开始，我对生活、工作中遇到的所有山东人都充满好感和敬意。1997年，单位重新给我分了一套二室一厅，在民京路上。搬家之后，山东阿婆成了我家在杨浦的一门亲戚。

杨浦给我的生活带来美好与希望。我与杨浦的情缘此生难了。

2017 年 5 月

人生无复不如棋

晚上闲着无事陪妻子下象棋，开始说好来三盘的，结果，输了棋的人不买账，再三再四地要复盘，想赢。每当此刻，我就会在心里嘀咕，谁说人生如棋？下棋可以复盘，可以再来，在这关键点上人生真不如棋。

人有血气，皆有争心，这是正常不过的。棋下错了可以反悔，甚至输了可以耍赖，棋局结束了还可以重新再开始。但是人生无法回头，永远不能反悔，不能耍赖，更不能重新开始。即使你已经知道错了，也不能复盘。过去了的，过去了，再怎样纠结，也无济于事。

人生无复不如棋。棋逢对手，手谈忘忧，雅趣情致，一大幸事；有约不来闲敲棋，固然有些寂寞失望，却只是暂时的无聊，过后可再来。而人生充满机缘变数，大多时势使然，顺生而行。生活每时每刻都设有难题，却未必有对手，更没有所谓的旁观者。

你过你的日子，他度他的人生，各忙各的。万事天定，你纵然可以凭自己的能力闯出一片天地，也不能定夺得失输赢、成败生死。说到底，谁又有权利能定夺他人的成败生死呢？人生与棋，千差万别。

随着时光的推移、人生阅历的丰富，那些你原本看得很重、很在乎的成败得失，到头来思忖也不过是过眼云烟。与生活对弈，你能保证赢吗？退一万步，即便赐你复盘再搏，让你有机会斟酌思考，仔细地下功夫选择，走好每一步，你也未必能成为赢家。

因此，人生无复不如棋，有欠缺、不完美，无怨无悔方为真人生。要紧的是做好自己，从容诚实，使心灵有家，生命有路。把得失看淡一些，就像罗曼·罗兰所说："在人生途中，你每走一步，就必定会得一步的经验。不管这一步是对还是错，对，有对的收获；错，有错的教训。绕远路、走错路的结果，就恰如迷路走入深山，当别人为你的安危焦虑之际，你却采集了一些珍奇的花果，获得了一些罕见的鸟兽。而且你多认了一段路，多锻炼出一分坚强与胆量。"

但愿独处之时，享受静美，襟怀坦荡，从善安忍；与人相交，不必时时争先，处处不让，努力做到"亏损失败自取受"，得失从缘，心无增减，得之我幸，不得我命，绝不为输赢不定而哭笑不得。当然，我特别崇敬那些"利益胜利奉献他"的人，例如黄旭华那样的以"不可告人的人生"淡泊明志，不虚抛光阴，殚精竭虑研发祖国核潜艇的科学家们，他们忧国忘家，早已宠辱不惊，笑看成败，活出了境界、活出了精彩、活出了不可估量的人生价值。

2017 年年底

阿鸣乘飞机

阿鸣兄属马，70 届中学生，六十四岁时结婚四十年，他没有想到女儿女婿为庆祝他与家主婆红宝石婚纪念，特地订购了出国机票，决定休假全程陪同他们老两口去美国西海岸和夏威夷旅游。这使阿鸣夫妻非常开心，尤其是阿鸣，不由得想起第一次买机票乘飞机的情景。

阿鸣有个当飞行员的阿哥，曾经带新阿嫂乘过飞机，当时阿鸣多少羡慕阿哥阿嫂能“天高任鸟飞”啊！因此做梦都想乘飞机。

阿鸣本来打算结婚时带新娘子乘飞机的，蜜月期间（当时最多只有三天假期）上天浪漫一下。可是在 20 世纪 70 年代时，民航局属于部队建制管理，普通人想乘飞机只能是在梦里。去购票处打听，买票手续蛮麻烦，航线太长，不是北京就是广州，阿鸣只好挠头，时间与钞票都欠缺，没有办法。

转眼两年过去，机会来了。20世纪80年代初，民航转制，实行政企合一的企业化管理。阿鸣打听到从上海去杭州可以让老百姓乘飞机，很兴奋。阿鸣就拿着结婚证到单位去开证明,然后手持证明去买飞机票。到购票处一看,不得了!有数百人在排队。阿鸣也是铁了心，非买不可。夜里喝一口自带的军用水壶里的水，啃个馒头当夜宵，足足排了一个通宵的队，终于买到两张飞机票。

头一次乘飞机，阿鸣与妻子满怀期待，早起将隔夜饭烧好，各吃了两大碗泡饭，提早四个钟头乘出租车到虹桥机场。去领登机牌时，服务员告知必须先去付机场建设费和购买保险，阿鸣不得不去排两次队付清费用。等取到登机牌，已开始检票。过闸门时，他随身的手表、钥匙圈、钢笔和口袋里的钢镚都引发了警哨声，在检查人员的提示相帮下，他出了一身汗才通过关卡。终于上了飞机，阿鸣看看内舱有点小，飞机是苏式伊尔 14，只有三十二个座位。他让妻子坐在舷窗边，可以看风景。

11 点 50 分,飞机起飞。阿鸣坐在座位上感到空间局促，耳膜有些胀痛，周遭的声音也听不清了。他发现舷窗外的白云像大团的棉花糖一样飘移，等到平稳飞行后，发现飞机好像在白色的泡沫塑料上滑行着。空姐拿来饮用水和蛋糕等食品，问阿鸣夫妻要什么，阿鸣以为要付钞票买，就说不要。后来知道清水和食品都是免费供应的，他心里后悔不已。最不爽的是，他登机前忘了上洗手间，又以为坐在飞机座位上不能随意走动，就憋着尿。待他晓得可以上厕所时，偏偏飞机遇到气流上下颠簸，厕所关闭停用，人也跟着抖动，难过啊！等了一会儿，喇叭里忽然传出广播声：“杭州到了，飞机马上要在笕桥机场（当时萧山国际机场尚未建成）降落。”阿鸣抬手看表，12 点 10 分，飞机共飞行二十分钟。原来乘飞机并不享受，他对头一次航行感觉很不好，挨饿、憋尿还发抖，浑身紧张兮兮。下机后，机场人员告诉他，小飞机是这样的，容易抖动。阿鸣发誓，以后再也不乘小飞机了。实际上，现在你即使花钱想乘 20 世纪 50 年代生产制造的苏式伊尔 14 飞机也做不到了，它被淘汰了。

后来，阿鸣乘飞机经验越来越丰富。1990 年，他带着老婆乘飞机先后北上北京，南下广州。进入新世纪，阿鸣也有老马失前蹄的时候，那次是夫妻乘飞机去台湾旅游，在浦东机场，他想当然地去支付机场建设费和保险费，可找来找去找不到付费处。送机的女儿告诉他，机票费里已包含了所有费用，不必再多此一举。“是吗？”阿鸣将信将疑，结果顺利领到登机牌上了飞机，才知道是真的。

这一次，阿鸣舒畅地想象着在飞机上鸟瞰美国的情景，心里已经醉了。要不是改革开放，想要乘飞机出国看“西洋镜”，那只能是梦游。

2018 年

但愿顺生而行

说到养生，我记起《道德经》，人活着，应尽可能避开“死地”，顺生而行，才活得自在。

《道德经》道：“出生入死。生之徒，十有三。死之徒，十有三。人之生，动之於死地，亦十有三。”换成现在的说法，人出世为生，到入地为死。长寿的人占十分之三，短命的人占十分之三，本来可以长寿但自己走向死路的人也占十分之三。由此可见，这里最值得深思的是第三条，为什么呢？《道德经》分析，那是“以其生生之厚”，即是由于对生活执着过度了的缘故。《道德经》得出结论：“善摄生者，……以其无死地。”也就是说，善于养生的人，因为他不蹈死地。我认为老子言之有理。

为了事业或者财务自由，不少职场顶尖英才过早地去世，令人惋惜！《道德经》指出“五色令人目盲，五音令人耳聋，五味令人口爽”（五彩缤纷使人眼花缭乱，音乐喧器使人听觉失灵，美味佳肴过量使人舌不辨味），吃喝不定时，不断熬夜，长期承受失眠之扰，喝令秋花春开，什么都想速成，以为生命的长度可以由自己掌控，以为自己永远不会是那个倒霉人，实际上，这就是“动之于死地”，换用一句俗话说，就是在作死。当然，我敬佩那些为祖国的荣誉而献身的青年英雄，同时，我也希望所有德才兼备的年轻人都具有为事业多干几十年的体魄。

这使我联想起一则禅门公案：有位源律师向大珠慧海请教：“和尚修习禅道，还用功吗？”

“用功。”

“怎样用功呢？”

“饿了就吃饭，困了就睡觉。”

源律师听了，疑窦丛生：“别人也都是这样，饥餐困眠，岂不是和你一样用功了吗？”

“不一样。”

“为什么不一样呢？”

“他们吃饭时不肯吃饭，百般挑拣；睡觉时不肯睡觉，千般计较。因此，他们与我的用功不同。”

大珠慧海的“饥餐困眠”后来成为禅门传诵的佳话，也成为禅僧恪守的信条。古代医典《黄帝内经》中说得更明白：“法于阴阳，和于术数，饮食有节，起居有恒，不妄作劳，故能形与神俱，乃得尽其天年，度百岁乃去。”其实，这都可以给我们这些俗人以生活的启迪。尽管我们不是枯坐苦练的修行者，也不是修齐治平的儒家门生，但是，作为一个想读书明理、洞明世事，希望活得明白的人来说，即便面对这个快节奏时代的不堪沉重，无论处在生命的哪一个阶段，都可以选择从容不慌，照样饥餐困眠，起居有恒，不沉迷、不狂热、不作死，享受过程，顺生而行，一件事接着一件事去做，如此，岂不是很好的养生？

2019 年 3 月

陪丈母娘逛步行街

上海本地人不会有事无事就去南京路的。

那次难得陪丈母娘逛步行街，最初是大姨子的提议，阿姆（妈妈）一道去一趟香粉弄看看，顺便逛逛南京路步行街阿好？刚刚过九十岁生日的丈母娘起先说，好覅去呃（不要去了），交关麻烦啦。后来禁不住妻兄姨子众人的好言相劝，可以推轮椅去的。丈母娘终于动心从直咧（宁波话答应的意思）——其实她心里也巴不得去故地望望。

2014 年 10 月 5 日早晨，天气蛮好，襟兄开车，从辽源新村接送丈母娘一行到河南路、南京路交叉口附近下车。让老太太坐在轮椅里，四个人轮流推着她缓缓前行，顶头摸脚寻到与南京东路并列的北面一条弄堂——香粉弄。香粉弄确实不够宽，弄堂两边都是高楼，已经鲜有市民居住，好像属于商业区。咦——丈母娘说老早子弄堂两边是木砖块房子，矮笃笃的，楼道底层原来是三阳南货店的作坊，嗅得到糕饼甜丝丝、香喷喷的气味，现在一眼也没有陈年旧气。原来丈母娘做小姑娘的辰光曾在这条弄堂里居住过，早年伊阿爸在上海洋行做翻译，收入丰厚，阿娘（奶奶）和阿姆抱伊从鄞县一路颠簸来上海定居，开始屋里厢生活，过得蛮滋润。

不料人居世间，无常百变，丈母娘五岁不到父母因故双亡，从此，她与阿娘相依为命。阿娘是个“茄人头”（能人），德容言工，样样拎清，巧手勤勉，养家不在话下，自己常年吃素，却让孙女荤素搭配通吃，自己咬得菜根，却让孙女四季糕点水果不断，最开明的是，情愿自己省吃俭用也坚持掏钱让孙女读书识字，一直读到初中。丈母娘十六岁时，阿娘仙逝，此后其孤苦伶仃独自在上海漂泊，靠阿娘给伊留下的一些遗产度日。为了寻求安稳，繁华的大马路周边是不想再住了，于是，经同乡介绍，在杨树浦八埭头处租了间房子落脚，就此告别香粉弄伤心地。为防止坐吃山空，有一天，伊去杨树浦路丝织厂寻找工作，招工者见伊一个人，没有熟人推荐介绍，就问，小姑娘你想做啥？伊答，我是看到招工广告来的，想来寻生活做赚钞票。对方问，你识字啊？伊答，是的。结果就成了一名丝织工。后来（1946年），伊与邻居加同厂同事谈恋爱结婚成家，迎接中华人民共和国成立，再后来（1958年），动用多年积蓄，买了辽源新村两层自建公助房，先后养育三男三女六个子女，至新时代享受四世同堂天伦之乐。

说起闻到三阳南货店糕饼的味道，丈母娘就讲要到店里去望望，于是四人推着轮椅上的老人拐弯抹角出弄堂，不过五六分钟，就来到人流熙来攘往的南京东路。椅子上的丈母娘讲，伊阿娘一直习惯称南京路叫派克弄，伊做小姑娘辰光，阿娘常常会领伊到三阳南货店来买吃样（吃的东西），这爿店糕点交关多，四季不同，出了名的是春酥、夏糕、秋饼、冬糖，味道喷香交关好吃。阿要（是不是要）带点回去？伊摇摇头说，屋落里（家里）月饼还勦（不曾、未曾）吃光，覅去买。

看到马路斜对面的华联商厦，丈母娘认出是老早子的永安公司，伊心情激荡地用手朝左面一指说，前头是先施公司、帐子公司、食品公司还有中百公司。又朝右面指指说，东头有医药公司、蔡同德药房、朵云轩（卖文房四宝的店铺）、培罗蒙西装店、亨得利钟表店、吴良材眼镜店、大昌祥绸布店，东西洋广货，和总（总之）样样有，还有黄浦江外滩。我小辰光就辣拉（在）周边白相长大嗰，有趣得咧。

看到步行街上的观光车慢吞吞开过来，丈母娘一下子回想起老早子有轨电车在此地“铛铛铛”开来开去的情景，兴致越发高涨起来，说，过去南面木老老（许多）电车到东新桥转车……

眼看到了午餐时间，妻姐便询问道，阿姆，去“沈大成”吃面条阿好？丈母娘答得干脆，好哦，就葛么噶（就这样）！也许是当日老太太格外兴奋，该晌（这天中午）胃口大开，一碗肉丝面几乎吃光。大家嘴上不说，心里也是暗暗欢喜：

出来对头了。

餐后歇了歇，众人怕老太太着力（吃力），就说该回转去了。想不到丈母娘心里灵清，早有打算，说，今末子（今天）到大马路来，阿拉多少带点好东西回去吃吃。内兄问，有啥好吃的东西？丈母娘说，阿拉去“老大房”秤斤把熏鱼，再去“邵万生”买两瓶咸肤肤（形容咸味浮于表面）、鲜索索（形容味道很鲜）的醉泥螺搭之醉蟹，压饭浪头（下饭菜），交关好吃咧。于是，一帮人又轮流推着她去了“老大房”和“邵万生”，一一满足了她的小心愿。

在回家的路上，问丈母娘南京路步行街阿好，她说，好哦，就像好扎刮（好打扮）的宁波女人，从头到脚山青水绿、漂亮新鲜，交关好看啦！

后来两年，丈母娘在家里一吃到熏鱼、醉泥螺，就会提起白相步行街的趣事，开心好一阵。

2016 年，丈母娘寿终归天。陪她逛南京路步行街已成为对她的一种纪念性回忆，但愿她老人家在天堂亦能安步当车。

2019 年 10 月

红烧河鲫鱼豆腐，交关赞

我的丈母娘是宁波人，她相信“会吃就是补”，平常嗜好的下饭（菜肴）是鱼，譬如咸菜大汤黄鱼、墨鱼烤肉、带鱼烧萝卜、蒸鳗鲞等，还有就是红烧河鲫鱼豆腐。这些都是她的拿手菜。

三十多年前冬令时，我作为毛脚女婿第一次上门去拜见丈人丈母娘及舅子和众一家门，午餐时，她笑眯眯地一一端出鸡鸭肉外，将一盆红烧河鲫鱼豆腐摆放在我的近前，说，“好看红绿，好吃鱼肉”，尝尝阿姆（妈妈）的手艺哪能？我说，下饭交关好。她说，有做忌（不要客气）。于是，我就老实不客气，对眼前那盆香喷喷、咸肤肤、甜嫩嫩、酸滋滋、鲜索索的鱼和豆腐不住动筷（一定是露出了馋痨相）。我说，真好吃！她笑了，说，这条鱼透骨新鲜，杂骨色亮，欢喜吃就多吃点。我说，豆腐入味也好吃。她说，以后常常来吃。听到这句话，我心里觉得是通过了“面试”的意思，很开心。

到了春节，我又多次品尝到丈母娘红烧河鲫鱼豆腐的滋味。令人惊喜的是，这个菜的配料时时有变化，有添加冬笋丝的，有放入黑木耳的，次次都有新鲜感，超好吃。怪不得宁波人有句谚语“女馋痨，做舍姆（坐月子）；男馋痨，奔丈姆（去看丈母娘）”，我彻底服帖。俗话讲“授人以鱼不如授人以渔”，我心里忖，吃人烧鱼不如自己会烧鱼，便请教丈母娘哪能红烧河鲫鱼豆腐。丈母娘面授机宜，和盘托出烧鱼程序。我感到自己已领悟了要点。回家实践，感觉良好。查看了一番此菜的营养成分颇丰富。河鲫鱼肉质细嫩味甜美，含大量的铁、钙、磷等矿物质，还含蛋白质、脂肪、维生素 A、B 族维生素等。春、夏、秋季多以葱烤吃或者煮汤吃，冬令时节以红烧鱼里加豆腐为佳，嫩嫩的豆腐热温温，口感更加鲜美无比，豆腐含钙多，鱼含维生素 A、B 多，两种食物互补，钙好吸收更进补。

女儿周岁时，丈母娘来我小家看外孙女。为招待爱吃鱼的她，我特地到农贸市场去买来一条斤把的河鲫鱼和一块豆腐，照例准备了些青椒、姜、葱、蒜、料酒、陈醋、白砂糖、老抽、生抽等配料，煞有介事地下厨做起了红烧河鲫鱼豆腐，好像是“汇报演出”。由于“业务”不熟练，心里急吼吼想出成绩，而厨艺“搭僵”（马马虎虎），感觉煎鱼时有些粘锅，随后加豆腐、清水，再加入调好的酱汁后，才有了些程序感，先大火烧五分钟，然后转小火炖约一刻钟，再放入青椒丝，收汁，出锅装盆。我面红耳赤地端去给丈母娘品尝，还一边说，阿姆欸，我是“讲讲神仙阿伯，做做死蟹一只”（只会说不会做），我把这条鱼烧得来糊其其（黏糊糊）哉。丈母娘说，呒告噢（没关系的）。吃了一口又说，好吃咯，交关赞。还提醒说，以后可以将汏清爽的鱼先抹盐腌一歇，煎起来不搭底，还可以去腥味。我说，我懂了。

2016 年 8 月，九十二岁的丈母娘仙逝了。这之后的冬至和年关，在家祭的时候，内兄照例会做阿姆生前嗜好的红烧河鲫鱼豆腐供上，也把一片孝心献上。俗话说“好吃还是家常饭，好穿还是粗布衣”，这道家常菜的做法不仅在大家族里传承，也在随时更新，滋味越来越丰富，譬如现在，家族里年轻的一代开始嗜辣，红烧河鲫鱼豆腐自然而然增添了鲜辣味。

2019 年 12 月

想起淘等外品的时光

庚子年春节，原来与回国探亲的发小二（音 ni）毛约好年初三相聚。恰逢疫情蔓延只好取消，改用手机微信隔空拜年，互祝平安了。

提到二毛，我就会自然而然回忆起 20 世纪 70 年代我们一起读初中的时光，淘等外品的往事。那时，我们住在卢湾区卢家湾的老房子弄堂里。二毛姆妈讲话生动有趣，她介绍起自家屋里三个儿子很发噱（引人发笑）。讲大毛是正品，能正儿八经参军去部队当兵服役，光荣一家门；讲二毛是等外品，生鼻炎当兵不合格到崇明农场去了三年，回转来进里弄加工厂摇手柄（做车床）；讲小毛是次品，小时候得小儿麻痹症右脚有点瘸，走路不方便，后来去淮海路服装商店立柜台做“猢狲”。当然，以上是二毛姆妈自家对儿子的戏谑评论，如果外人这么说，她是绝对不允许，会板面孔的。

我和“等外品”二毛是同学，又十分要好，都欢喜淘等外品便宜货。说实在的，那年头等外品属于消费者不厌鄙的东西，价格便宜，允许在市场上销售，不同于现在通常讲的山寨货。销售时，经营者必须打上标有“等外品”的标签，公开向消费者说明实情，使消费者能够在购买前就知道该产品的质量状况。

我们那时读书读半天，下午半天空下来就挖空心思拣感兴趣的事情做。春天里刮东南风放鹞子（风筝），鹞子是我与二毛两人自家动手做的：寻几根竹篾、细铅丝做鹞子筋骨与框架，然后用写过的练习簿子或大字报纸头，再用面粉加点水在煤炉上调成浆糊当胶水黏，先做好鹞子头，连接上两根飘带，鹞子就做好了。放鹞子的线比较麻烦。偷偷拿家里的线团，肯定要遭姆妈骂的，哪能办？只好动用自己的“肉里分”（过年时的压岁钱），去淘等外品纱线了。买回来扎牢线，鹞子就可以拿出去放了。到人民广场去放鹞子，那里电线、木头少，天空开阔，仰望鹞子飞上天那是叫人非常开心的事。

有段时间兴趣转到打乒乓球上，弄堂里大大小小都打，还排队比赛，用睡觉的铺板当作乒乓球台，搁在长条凳上，中间搁一根木条当球网，用锯过的三角板充当乒乓球板。后来淘到没有贴海绵的光板，弹性十足，还可以打三毛球，至于乒乓球嘛，两角二分的盾牌我们认为贵了，就去买等外品红双喜牌或者等外品双鱼牌的，只要一毛钱一只，不小心踏瘪了，就用开水泡一泡，乒乓球会恢复圆形，照打不误，不亦乐乎。

放暑假时，弄堂里小朋友都开始玩刻花样。我与二毛当然不甘落后，利用断钢锯条加工成刻刀，采用色彩艳丽的蜡光纸，借用别人的纸样放在白纸下用铅笔涂抹拷贝出影子，然后把它放在蜡光纸上面固定，按原样刻成，一张不是原创的亮丽花样纸就形成了。如果花样精致，比方像《平原游击队》中的李向阳什么的，我们就相当重视，想考究些，就会特地去文具店买几张挺括的等外品道林纸来，刻成花样作品，夹进作业簿子里。达到一定数量就与同学、邻里小伙伴相互交流，非常有成就感。

等外品哪里多，觅宝是有门道的。我们心里清爽，当年延安东路与龙门路交口、与上海音乐厅对马路东北角转弯处有一家文具店，有许多文具纸张等外品出售。我与二毛一个月就要去一趟，东西价格便宜，16 开道林纸几分钱一张。还有信纸、信封、日记本等，虽然其中纸张印刷线条有点歪斜，本子有几页装订出错，但绝对不影响使用。当年我写信给黑龙江军垦农场的阿哥，用的几乎都是等外品信纸信封，很实惠。只要字写得漂亮，照样拿得出手。

后来二毛与我心血来潮开始练写毛笔字。中锋毛笔、条形松烟墨、成卷毛边纸等都是从那家文具店淘来的等外品，一块钱一大卷。字帖是从福州路上海书店（当年专门卖旧书）淘来的颜真卿的《多宝塔碑》，还有柳公权的《玄秘塔碑》等。二毛做事认真，做啥像啥，他临写的颜体字，后来得到过书法名家黄若舟老师的肯定，每个礼拜去黄老师家一趟当面领教。我这个人无长性，什么事都浅尝辄止，因此至今无甚进步。

淘等外品是小时候的一段有趣经历，后来二毛自己装半导体收音机，我陪他一道去南京路中央商场和虹口区虬江路淘电阻电容零件，仿佛就在昨天。岁月回眸感觉亲切，再现少年时光的情怀，恍如做梦。顺便透露一下，大毛后来从部队转业到一家大型国企做党务工作，现已退休居家多年；二毛勤谨用功，后来考上大学，再留学美国，成为传播中国文化的学者，足迹踏遍世界各国，小毛后来做自营服装生意的小老板，批发零售样样做，为了促销，还时常搞一场所谓的精品 A 货打折处理活动。我心里忖，这不就是我们再熟悉不过的卖等外品的路数嘛！

2020 年 2 月

我的图书馆情结

因为防疫有三个月没去图书馆了，手头借的几本书也过期多日，见到手机上杨浦区图书馆可以预约入馆借书的信息，便有些莫名的兴奋。

我知道这是我从少年时代产生并留下的图书馆情结。五十多年前我家的老房子在卢湾区，戴红领巾时我曾得到学校少先队大队辅导员老师的青睐，推荐我去卢湾区少年宫图书馆做小小的义务管理员。有一段时间，我几乎每个星期六下午都要步行去复兴中路585号，那是上海市卢湾区少年宫少儿校外活动基地，图书馆在楼上。当时，我和两位来自不同学校的“红领巾”在指导老师的带教下整理、借收并管理图书。

这是一项很锻炼人的工作。图书馆每月新购进一批图书，在出借之前都要做登记。当年没有电脑，全靠手工登记：先将书籍归类，属于文学艺术还是自然科学等，先做好标记，再给同类的书排序号，然后把归类号和排序号写在图书标签纸上，把写好的标签纸粘贴在书脊上，同时要做借书查阅卡片，以便让借阅者能从查阅卡片开始快速借到想借的图书。当然，在新书上还要盖上几个图书馆的图章，而骑缝章是少不了的。这有利于检查归还的图书是否缺页受损。做图书管理员最大的好处是让人学会做事有条理，而且与书为伴，得书香熏陶，教人斯文。

上中学时，我不再去少年宫图书馆。十分有幸的是，年级语文教研组的朱老师有一次不知为何奖励我一张卢湾区图书馆的借书证，我真是喜出望外。从此我每个月都少不了要去逛陕西南路 235 号的卢湾区图书馆。“卢图”的建筑很有特色，西洋风格，周边氛围宁静，适合阅读，主体建筑据说建造于 1929 年。我每次都在阅览室里流连忘返数小时，然后借五本书回家。

其实，在 20 世纪 70 年代初可借阅的书籍品种不多。我印象中读得较多的是鲁迅的书，从《坟》开始，依次阅读了《呐喊》《野草》《热风》《彷徨》《朝花夕拾》《故事新编》《华盖集》《而已集》《三闲集》《二心集》《伪自由书》《南腔北调集》《准风月谈》《花边文学》《且介亭杂文》等，我还读郭沫若的白话诗、高尔基的自传体三部曲和马雅可夫斯基的楼梯诗等。“卢图”令我难忘的还有读者的书评交流栏，质量之高在当年的上海是出了名的，后来成为“新民晚报人”的杨展业、曹正文（米舒）等都曾在那里展示过书评。

从 2018 年 10 月起，我经常泡的图书馆是“杨图”，位于长海路 366 号，因为离居所近，安步当车路上也是锻炼。那是一栋具有八十年历史的古典宫殿式建筑，明黄色琉璃瓦、重檐歇山式屋顶、门楼富丽堂皇，仿北京鼓楼造型，十分气派。从正门进去，馆内头顶彩绘，飞檐大顶、梁枋藻井之间，处处渗透着中国传统建筑美的神韵。引人注目的有底楼的孔雀门、供阅读的桌子上的黄铜贝母台灯，十分雅致。此建筑的前身便是“上海市立图书馆”。现在馆内设有文献借阅、数字服务、展览展示、主题活动四大功能区，尤其综合阅览室有近百种新鲜报刊可以翻阅，叫我欢喜依恋，充分彰显了“知识杨浦”“智慧城区”的特色。即便到此不读书，感受一番坐拥书城、书香怡人的氛围也令人赏心悦目。

得知可预约，于是我迫不及待地在手机上操作，保存好健康码，如约戴上口罩，便兴冲冲地前往“杨图”——我心中的享福之地而去。

2020 年 5 月

去年今日广场中

新冠疫情肆虐，意大利不幸成为重灾区。看电视上的国际新闻，好几次看到意大利罗马的西班牙广场空寂落寞的场景，不由得回想起去年今日在当地游览的热闹场面，真有一种“人面不知何处去”的寂寥失色之感。

我是去年春上去的。本来该广场没有什么奇特之处，因为一部《罗马假日》让这个广场风靡全球，迅速成为罗马热门的旅游景点，进而成为旅游者心仪的打卡地。那天我用手机拍照时，邂逅了一群罗马女孩，她们热情奔放地在我面前摆 pose（姿势），让我拍。等照好相，她们向我伸手要钱。我第一感觉是，莫非遇上了骗子？经过交流，才知道她们原是一群中学生，正在为学校开展一次社会实践公益募捐活动。她们表示，一元钱也行。原来如此，我笑着给了她们两欧元。她们鞠躬道谢，欢天喜地地上了广场台阶。

西班牙广场修建于 1725 年，因靠近西班牙大使馆而得名。该广场因由意大利人设计、美国人捧红的传奇经历而天天热闹非凡。整个广场位于罗马三一教堂所在的山丘下，依山而建，是意大利巴洛克大师贝尼尼的杰作，广场台阶由三个大平台分为三层组成，自下而上分 12 段，共 137 级台阶。两侧的弧形台阶将平台相连，阶梯的整体平面看上去如同一只花瓶，曲线动人。据说这处台阶是全欧洲最长最宽的，可通过它把教堂、广场与街道统一起来，并为游人提供休憩场所。去年下半年开始，该处台阶已禁止游客就坐，违者罚二百五十欧元。因此，我庆幸当时自己还免费小憩了一回。

破船喷泉是该广场上最著名的景点。这座喷泉是雕塑家贝尔尼尼父亲的作品，创意来自于特韦雷河的一次决堤。喷泉别出心裁地设计成一只行将沉没的破船，让涓涓细流的泉水从船板上溢出，十分生动，引来无数游客观赏留影。

匆匆一年，我以为我会淡忘罗马。如今，它却又频频浮上心头，还有我拍的这些可爱的罗马女孩们，她们可安好？我这才深切体会到“无穷的远方，无数的人们，都和我有关”。

是的，我还记得在广场旁的街上，有个当地老艺人（看年龄已有七十岁）不停地演奏着小提琴曲，由于好听，我竟在那里盘桓了整整一个下午。

愿你们都无恙。愿天下人皆安好。

2020 年 5 月 5 日

寻找“小王子”

6月9日是《小王子》之父安托万·德·圣埃克苏佩里的生日，我回想起2019年去寻找小王子塑像的事情。

那天，我们一家三口从巴黎乘火车到文化名城里昂正好下午5点，住进老城区靠近地铁站的民宿，稍事休息后女儿提议去红土广场观赏小王子塑像。

已是黄昏，落日熔金，残阳如血，原本鳞次栉比的灰黄旧建筑被镶上一层暖色。这一由红土铺成的广场名叫白苹果，据说它曾一度被称为皇家广场，是法国第三大广场，由凡尔赛宫教堂的建筑师罗伯特·德·科特（Robert de Cotte）设计并建成于17世纪初。最先映入眼帘的是矗立在广场中心位的一座高大的战神骑马雕像，状如三国时没有手握丈八蛇矛的猛张飞。待趋前仔细观看说明，原来是法国波旁王朝的国王路易十四。但据懂得欣赏门道的游人介绍，这座雕像的独特之处，在于它是里昂诞生的雕塑家卢蒙的毕生遗憾之作。传说卢蒙在铜像即将完工时才发现自己犯下了一个无法弥补的错误——居然忘了在高大的骏马背上塑马鞍，在伟大的国王脚下雕副马镫！如此，塑像马背上和路易王脚下空空如也，给世人留下了一个不解之谜和茶余饭后的谈资，遗憾的艺术无意间亦成为古今旅游者的趣味观察点。

广场没有绿地，树木也很少，可以说没有什么障碍物，我们本来是冲着小王子塑像来的，奇怪的是，走走停停，东看西望，围绕广场一圈走了将近两个小时，竟然没有找到目标。广场一侧有旅客服务中心，可惜天已向晚，无人可以问询。

“算了，小王子不见就不见吧，”我提议，“里昂是美食之都，我们去吃饭吧。”

“不嘛！”女儿固执地发起了“耿脾气”，噘着嘴说：“好不容易来一趟圣埃克苏佩里的出生地，不见小王子塑像算什么名堂！先看小王子再吃饭。”

“孩子气！”妻子哭笑不得，“好好，那就陪你再找找。”

此刻，天光已逐渐暗下来。周围的商店都亮起了灯。头顶上空出现了几颗亮晶晶的星星。我们兜兜转转，不抱希望地转悠到广场暗黑黢黢的西南角，在昏暗的灯光下，在两棵树之间蓦然发现有一根高高的石柱子，就在柱子顶端上正是我们要找的对象——坐着的飞行员和站着的小王子雕像，或者说是出生于里昂的安托万·德·圣埃克苏佩里（Antoine de Saint-Exupéry）和来自 B612 小行星的小王子，他们正偏居一隅，观察着来自苹果广场的所有人。

“喔！”女儿欢呼了一声，随后怀着朝圣般虔诚的心情双手合十，默默祈祷。

看到女儿这副神情，我忽然觉得，孩子气也没有什么不好，要不是她的坚持，来里昂就会留有遗憾。正如《小王子》在书中所写：“本质美好的东西，只有用心才能看见。正是你对你的心爱之物花费的时光，才使你的心爱之物变得如此重要。遇见，是令人开心的。”

小王子还说过：“当你在夜里望着天空时，既然我就在其中的一颗星星上面，既然我在其中一颗星星上笑着，那么对你来说，就好像满天的星星都在笑。只有你一个人，看见的是会笑的星星。”我不由得将目光沿着塑像朝上，再朝上，再一次仰望里昂天幕上的星星。

2020 年 9 月

“飞行”也容易

走向小康生活过程中，我觉得“行动”越来越自如，飞行也容易。

说到乘飞机飞行，老早子是一桩蛮稀奇的事。在 20 世纪 80 年代以前，普通老百姓要想尝尝乘飞机的滋味，不说比登天还难吧，却也可以说比登山难。四十年前，我舅子结婚，蜜月时想带新娘子乘飞机浪漫一下，想不到买机票还得事先拿着结婚证到单位去开证明信。他凭证明排了一个通宵的队，总算买到两张飞杭州的机票。新婚夫妻俩兴冲冲登上苏式伊尔 -14 小飞机，看到内舱狭小空间的逼仄，有些失望，而且飞机在空中颤颤巍巍只飞了二十分钟就到了目的地，还不明所以地憋着一泡尿。两人对这次飞行感觉都不大好。

我平生头一次乘飞机是在 1988 年的小年夜，当时我在单位当总经理秘书，机票是凭单位介绍信购买的。乘飞机是跟随领导赶赴深圳蛇口，去慰问春节期间坚守在工作岗位上的公司员工。当年深圳机场尚未通航，我们在广州白云机场下的飞机，然后由深圳办事处同事派车来接迎。我第二次南下深圳是在 1994 年，那年买机票凭身份证就可以了，飞机很顺利地降落在深圳宝安国际机场，深圳特区建设已步入正轨，市场繁荣，交通也便利很多。

进入新世纪以后，我所在的单位在员工中开展和谐家园建设，工会每两年组织一趟员工分批赴各地旅游，基本上都是来回双飞，因此，员工对乘飞机都感觉是稀松平常的事情。想想也是，现在还有谁把乘飞机当回事呢！

我的一个留学归来的外甥女在一家外企工作，由于工作关系她一度成为“空中飞人”，乘飞机就像乘公交车一样随意。现在，她与时俱进，在国内公干往往选择来回“贴地飞行”的高铁，短短几十年，铁路—飞机—铁路已然一个轮回。

2020 年 10 月

鸡蛋的吃法

说到吃鸡蛋，几乎人人都喜爱。其营养价值高，烧煮方便。我女儿从幼儿园时就已确定最欢喜吃的食物是鸡蛋。现在她已踏上社会工作多年，还是爱吃鸡蛋，而且她说了一句很有意思的话："鸡蛋不管是蒸、煎、炒、煠（上海话，煮），都好吃，要想把鸡蛋烧得难吃，那可是要有相当水平的！"一笑。

据说人类开始品尝鸡蛋是距今六千年前，在黄帝时代，咱们邳州先民训鸟成鸡之时，当然是煨着吃的情况比较多，有一堆火就行，如有少许水参与，煮着吃也经常有，方便。

如我这样六十岁出头年纪的人，前三十多年与大多数国人一样，不是每天都能吃到鸡蛋的，因此拿吃鸡蛋很当回事。有好些人喜欢吃溏心蛋。它是一种将熟未熟之间的蛋，鸡蛋内部的蛋黄并没有完全凝固，还呈现出液态向固态转换的状态。20 世纪 90 年代初，我们企业的老总头一次去德国考察，回来时什么也没有看中，偏偏选购了一个煮蛋器，可以每天早上起来计时做溏心蛋，很得意。它给人的口感类似大闸蟹的蟹膏，吃得舒心。“蟹粉蛋”也是，微酸适口，十分诱人，将鸡蛋的蛋黄和蛋清分别炒熟，添些姜末、白糖和陈醋，竟然能做出蛋黄似蟹黄、蛋白似蟹肉的“蟹粉蛋”，真佩服人的这个创举。

无事乱翻书，有一次看到写洪宪皇帝的，感觉闹哄哄，别的都不曾记住，倒是记住了那个做了八十三天皇帝的袁大头有些怪诞的嗜好，这个身体肥胖的家伙特爱吃鸡蛋，竟然日啖十二只！早餐四只水潽蛋，午餐四只煎蛋，到晚上还要吃四只炒蛋。到头来他因尿毒症不治而亡，是不是与狂吃鸡蛋有关，不得而知。

20 世纪早些时候，市民吃鸡蛋是需要凭票购买、定量供应的。我的一位文友曾著文回忆五十多年前除夕那天，为吃一只荷包蛋与表妹互相谦让，一只蛋在一家子人手中转了一圈的往事。起初，我有些怀疑此事，文友信誓旦旦，不由得我不信。

随着国家改革开放，副食品市场也逐渐放开，吃鸡蛋也随心所欲想吃就吃了。记得当年（20 世纪 90 年代后期）我受单位委托组织一批农民工兄弟去沙家浜旅游休养一周，旅馆安排的早餐是自助餐，其中白煠蛋（白煮蛋）敞开吃。有位姓王的农民工小兄弟，眼睛发亮开心煞，其他东西一概不吃，专吃鸡蛋，竟一口气吃了七枚。还说，要不是吃八只蛋难听，他还能再吃的。尽管如此，他“王七蛋”的名声还是不胫而走，被一下子传开了。后来经过深入了解，我才知道“王七蛋”在农村老家是专门将自家的鸡蛋攒起来换油盐酱醋的，很少自己吃，因而特稀罕，这也就可以理解了。此事使我联想到邓拓先生曾写过的《一个鸡蛋的家当》，说世间有人做美梦，要将仅有的鸡蛋孵化成鸡，然后让鸡生蛋，蛋再变鸡，如此循环往复直到发家致富，后来鸡蛋破了，美梦也就碎了。

我妻子婚前在家做姑娘时，每趟表现好就会得到姆妈烧的水潽蛋作为一种奖励，因此，至今她每次吃水潽蛋情绪就高涨，心情就特别好。

水潽蛋和油煎荷包蛋我常常吃，但是第一次吃糖醋荷包蛋是在大哥家，大嫂做的，好像无意间沾了侄子的光。大嫂指着侄子说，伊平常顶欢喜吃糖醋荷包蛋了。侬尝尝看好吃伐？我品尝了酸酸甜甜的糖醋荷包蛋后，脱口而出道，交关好吃！

鸡蛋可以糖醋，这也是一种吃法。回家后我即将好吃的糖醋荷包蛋告知妻子女儿，她们都十分神往，还介绍给小姐妹们。隔天自己还没有烧了吃，反馈的好评已纷纷在朋友圈收回。于是，赶紧入厨操作，先将鸡蛋煎成荷包蛋，蛋黄琥珀油亮，蛋清白嫩细腻，最外层围一条似有若无的金黄酥脆的花边，捞出备用，放冰糖屑和少许生抽烧热后放荷包蛋入锅轻轻翻炒，淋上镇江香醋调成糖醋味即可入盆，开吃。

糖醋荷包蛋从此成了我家一款隔三岔五、常吃不厌的开胃菜。它富含好胆固醇，蛋白质的氨基酸比例很适合人体生理需要，易为机体吸收，利用率高达98%以上，鲜香滋润，甜酸醇厚，也是一道美味的下酒菜。我以为，它价廉物美、操作简便，营养丰富又味道赞，是一道值得推广并一定会受到本地大众喜爱的小菜。

2019年去澳门旅游，不仅吃到蛤蜊蒸蛋、葡式蛋挞，还品尝到用蛋清做的双皮奶，其色洁白，奶味浓郁，质感细腻，甜香嫩滑，至今难忘。

2021年1月

我的博物馆情结

我一直喜欢去各处博物馆开眼界，就好像喜欢去图书馆拜读经典一样有兴趣。这情结起源于早先一次去上海自然博物馆参观的经历。那次才进门，就被一位博物馆老师拦住，要我先做一份答卷，回答世界上飞得最高的鸟是什么、跑得最快的动物是什么，诸如此类的问题，当时我答不出，有些难为情，以为没资格参观了。不料他笑着说："可以进去参观了，希望你参观后能增长见识，减少疑惑，有所收益。"我这就带着问题进了博物馆，看得很用心，增添了不少新知。

从此带着问题去观展成为我参观博物馆的习惯，后来，每隔一段时间就会想到去博物馆走走，每当去一个陌生地方旅行我总习惯去寻觅当地的博物馆。这根据来自那个明末清初说过"天下兴亡，匹夫有责"的大学问家顾炎武，他老人家曾诲人不倦地说："行万里路，读万卷书。"这话我爱听，读书是学习，行走参观也是学习，而且更容易让人入眼入脑入心。

说到行万里路——旅游，起先我与某些“驴友”一样喜欢到网红地去打卡，撮一顿，拍一通，嗨一番，譬如到欧洲去品尝“宫保鸡丁”，即皇宫、城堡、教堂和市政厅，这固然值得开心。后来，我总觉得这中间欠缺了些实在的纵深感，好像风景中没有风味，过于表面化，要弥补这缺憾，我以为只有选择去网红博物馆，通过博物馆这个当地向世界讲述故事的窗口看进去，这才是了解和认识当地历史最感性最有效的方式。我这个朴素自发的想法，后来发现竟与国际博物馆理事会主席阿尔贝托·加兰迪尼（意大利人）所提出的建议非常一致，心里不禁有点小得意。他曾说：“走进博物馆，体验历史的纵深与不同文化的交融，只有这样才能培养出更多的有识之士。”

在我看来，博物馆就是一本有模有样有形的历史书，每当能一睹知名藏品的风采，便会有种“如饮醇醪，不觉自醉”之感。多年前去美国自由行旅游，我庆幸到华盛顿没有错过三大博物馆：一是美国艺术博物馆，欣赏到了著名的莫奈的《睡莲》；二是美国自然历史博物馆内的珍宝馆，见识了世界最著名的蓝钻“希望之星”，还有拿破仑皇后约瑟芬的后冠；三是美国航空航天博物馆，看到火箭和航空器实物，由此知道人为什么能够飞上天的基本原理。

后来读到中国著名博物馆家陈履生先生的《博物馆之美》。他从专业的角度指出，很多人会直奔展厅，盯住知名藏品观赏，而往往会忽略了博物馆的其他元素。比如博物馆的建筑本身及其内部空间、布局细节与光影组合之美等。我因此懂得了为什么博物馆被称为城市的文化地标、“月光宝盒”和“灵魂客厅”，原来参观博物馆也需要具有品味美的常识和能力。

回想曾参观过的建筑风格千奇百怪的博物馆，确实如专家所说，那是一座城市甚至一个国家独特的历史记忆和文化地标。比如北京故宫，外朝的三大殿和内廷的后三宫，房屋九千多间，规模如此巨大、木质结构如此完整的古建筑，确实给人一种承载千年文明的隐秘、遥远和威严的感觉；到巴黎一见到贝聿铭设计的透明玻璃金字塔，人都会肃然怀着近乎朝拜的心情走进卢浮宫；外形具有中国“天圆地方”寓意建筑的上海博物馆，怎能不叫人联想到中国古代艺术的博大精深；中华艺术宫繁体的“華”字结构，勾勒出“东方之冠”的外观形象，体现了炎黄子孙对祖国的挚爱……

再参观博物馆就知道如何循序渐进地去关注和发现除了展品之外的细节美，诸如博物馆的厅堂门窗、灯光、楼梯及扶手，甚至顶棚都会去品味一番，感受与众不同的独特性和出乎意料的美。建筑宏大的博物馆有文化地标的作用，而散落在城市各个角落的小型博物馆同样积累了先辈的文化精华，就像钻石一样在各处发出迷人的光亮。令我印象很深的是在美国波士顿见识的一条由红砖铺成的“自由之路”，将波士顿全部十六处历史文化遗迹像珍珠项链一般串联起来，叫人欲罢不能地参观下去（我们实在该借鉴这样的布局法）；在法国里昂参观的微型电影博物馆和布偶博物馆，小巧逼真得令人惊叹；在香港赤柱闲逛时邂逅的惩教博物馆，见到里头陈列着殖民时期的刑具令人咋舌！

去年疫情肆虐期间，各地博物馆不得不暂时闭馆。好在现代科技让人们能透过屏幕看到比原作更清晰的图像。我宅家时卧游天下，从线上浏览了世界几大顶级博物馆。有大英博物馆、雅典卫城博物馆、圣彼得堡艾尔米塔什博物馆、马德里普拉多博物馆、荷兰国立博物馆和纽约大都会艺术博物馆等。这些博物馆的艺术收藏品真可谓应有尽有，让人十分震撼。

今年以来，随着疫情有所控制，博物馆陆续开馆，我从云观展又回归到实地打卡，这其中可能有些饥饿疗法的因素在。想到以前去卢浮宫看断臂维纳斯、胜利女神像和《蒙娜丽莎》等艺术珍宝时的情景，回想在梵蒂冈仰望西斯廷教堂天顶画《创世纪》的时光，那种亲炙原作的魅力，这是线上展览根本无法替代的。这就好比看转播球赛和看现场球赛的区别一样，美确实是需要身临其境才能更真切地体会到，那么丰富实在，无法转述。

细算一下，我近三个月在上海共走了二十多个博物馆：中华艺术宫、上海博物馆、上海世博会博物馆、上海科技馆、上海中国航海博物馆、上海海洋水族馆、上海游龙石文化科普馆、上海磁浮交通科技馆、上海大自然野生昆虫馆、上海外国侨民博物馆、民间百业博物馆、上海历代古铜镜馆、上海东方地质科普馆……当然又再次从渔阳里到树德里和辅德里，以及国歌馆等处走了一圈，重温红色基地纪念馆氛围，感受革命先辈信仰如山、信念如铁的情怀。

去博物馆看得多了，就自然会产生比较和联想。比如法国巴黎和美国费城都有罗丹博物馆，前者似乎更有风味；参观上海玻璃博物馆时忽然就让人联想到在威尼斯玻璃岛上玻璃博物馆内见过的各式展品；在参观浦东高桥人家陈列馆时脑子里会闪现出在波士顿见识过的三百年前一个中产家庭的家具摆设，从而比较出中国文明的亮点；看到上海科技馆陈列的"长征"系列火箭就会联想起在华盛顿见过的火箭展品，从而不由自主地为祖国自豪。

我现在知道，世人公认的人类历史上最早的博物馆诞生于公元前三世纪，是托勒密·索托在埃及的亚历山大城创建的一座专门收藏文化珍品的缪斯神庙。而"museum"（博物馆）一词，也是由希腊文的"Μοῦσαι"（缪斯）演变而来。

时至今日，可以说没有博物馆的地方就是缺乏文化的所在。因为经常去上海各处博物馆觅宝求知，我有了越来越热爱上海的理由。上海有那么多熠熠生辉，叫人看不厌、学不尽的博物馆，不仅是探索未来的时光机，是穿越古今的联络图，也是百宝箱，是万花筒。去博物馆走走，与陈列品进行灵魂交流，就是在享受美好的精神生活。

2021 年 5 月

“秦香莲”

元旦才过，时值冬月，天气冷丝丝的，我心念一动，就随口问妻子：“想不想吃‘秦香莲’？”妻子一听，高兴地答道：“想啊，你做！”“一句话！”我说完就去菜市场选购了一条近四斤重的花鲢、斤把黄芹和两块钱香菜以及三张粉皮回家，撸起袖子开始准备做“秦香莲”。

之所以叫“秦香莲”，是因为这道菜的食材有芹菜、香菜和花鲢鱼的原因，各取其中一字，连起来谐音“秦、香、莲”称呼之。花鲢，俗称胖头鱼，学名应称为鳙鱼，烧汤特棒！我将整条鱼洗净，只取那胖乎乎的鱼头，当然捎带寸长的鱼身，晾干待用，下半段鱼及鱼尾部分放进冰箱，以后可以红烧甩水。然后，洗净芹菜、香菜，将家里常备的生姜和葱拿出来洗净后剁成片段，这才点火把锅子烧热了，倒入少许油，将生姜片（偶尔放上两瓣大蒜）煸到半透明用来去腥，鱼头下锅后不再随意翻动以避免破相，把两面过油煎至微微发黄即关掉火，换用砂锅。砂锅的好处是便于煨炖，保持温度和营养，倒入开水将鱼头淹没并煮沸，用小火煨上三十分钟左右，即可将斩成寸把长的芹菜先放入，少顷，再依次添加香菜和粉丝，继续炖几分钟，然后放盐，使主辅料均入味，随后往汤里撒上葱花，出锅前再撒些胡椒粉，顿时香气四溢，完美的“秦香莲”便可端上台面了。

一锅热气腾腾的“秦香莲”甫一端上桌，令一家三口食欲大开，也不用再烧其他菜，每人各盛一碗，先放在嘴边嘞上一口汤，那个滋味啊，鱼鲜、菜香在舌尖蔓延，嗅觉、味觉各种细胞瞬间兴奋起来，欲罢不能！香菜叶茎纤细，香味浓郁；黄芹茎脆叶嫩，也清香；粉皮爽滑，入口即化；而花鲢贴近骨头地方的肉刺少质地细腻，尤其鱼头中间的那部分“胡桃肉”润滑肥美，妙不可言！难怪“难得糊涂”的郑板桥会有“美人纤手炙鱼头”的诗句流传下来哪。

2021 年冬

淘书乐园忆文庙

报上说老西门的上海文庙开始闭门大修，我忽然就回想起20世纪80年代末和20世纪90年代初几乎每周去那里淘书的往事。

那时我正年轻，还没有谈恋爱，一个人出门就偏爱逛书店，除了新华书店，去得较多的是福州路、淮海路和四川北路的三家上海书店（因为常有打折的旧书可淘），而习惯性去得最多的地方就是老西门文庙路的旧书集市。礼拜天，文庙内大成殿前的孔夫子塑像作揖状注视着广场上的书摊前人头攒动的淘书人，这情景想想也让人兴奋。当时，听摆书摊的人诉说，他们半夜三更就来抢占地盘，而痴迷的淘书者也会打着手电筒去抢购刚从麻袋里倾倒出来的旧书。

在熙来攘往的文庙书市，常常会有一波又一波的意外惊喜，譬如邂逅带着儿子来淘书的滑稽演员王汝刚、武侠小说名家温瑞安等，让人开心的是巧遇出版社清理库存，能以三折的价位买到平时舍不得买的好书。比如我淘到的

《斯巴达克斯》《梅里美中短篇小说集》《猎人笔记》《初恋》《僻静的庄园》和《罗亭》等，还有许多章回小说如《说唐》《武松演义》等，真是价廉物美，值得拥有。

我颇欣赏当时有书迷曾用的一句话概括彼时的感受：因为离不开书，所以离不开文庙，因为这个情怀的存在，所以对文庙就情有独钟。

从20世纪90年代中期起，我去文庙打卡的机会明显少了，因为结了婚，有了孩子，家务增多，工作也逐渐繁忙，抽空逛文庙成为一种奢侈的享受。进入21世纪，文庙倒是越来越闹猛，新春楹联大赛和端午诗会在坊间出了名。由于手机与互联网的便利，我的淘书已在网上进行，但即便如此，对文庙书市的念想还始终留在记忆中。

2021年12月

冬天的阳光香喷喷

立冬翌日，天空放晴，气温骤降，早餐后坐在阳台上翻阅闲书，阳光透过玻璃窗照在身上暖洋洋的，不由得记起一句成语——冬日可爱，出自《左传·文公七年》，形容一个人如同冬天里的太阳般令人感到温暖亲切。想着想着，眼睛忽然半开半合，慵懒渐起，迷迷糊糊中，脑海里逐渐隐现出小辰光在老房子跟随娘娘（绍兴人对祖母的称呼）孵太阳的情景来。

那是20世纪60年代初，我四五岁年纪，冬天居家冷丝丝的，只要是有日头的好天气，弄堂里总有三三两两的老人拎着小矮凳和小椅子，到避风朝南的墙角处去孵太阳，这个“孵”，真就像老母鸡孵蛋一样，窝坐着，看着慵懒却十分舒坦，透露出一种轻松与自然的气息。而我的娘娘就会习惯性地领着我到染料店娘娘家去坐个小半日，既孵太阳又叨老古（两个绍兴老太就喜欢讲陈年往事）。

染料店娘娘与我的娘娘年龄差不多，当时都七十多岁，温良平和，她们脸上都有树皮一样的皱纹，都戴着黑色的绒帽，相比起来，染料店娘娘在阳光下皮肤显得更白净。后来我长大了才知道，染料店娘娘是染料店老板的遗孀，老板过世后，染料店也关闭歇业了，但“染料店娘娘”的名声已叫响。其家境还算殷实，住两层楼的房子，底层沿马路的朝南客堂里放着一对弹性很足的沙发（当时有沙发的人家不多），阳光从外头射进来，不出门就可以直接晒太阳，染料店娘娘腿上常常窝着一款八角形双提把的铜铸手炉，她们管它叫“火笼”。她和蔼可亲，一见到我就会去自家的高口瓷瓶里取些小点心递给我，然后也给我娘娘一个“火笼”，这样，她们两个老太就开始有一搭无一搭地闲聊儿孙琐事或昔日年轻时绍兴生活的场景。

她们絮絮叨叨，有时两个人都会用手绢揩一揩眼泪，有时也会打几个哈欠。然后，我娘娘像变戏法一样从口袋里摸出一把黄豆或罗汉豆（绍兴人对蚕豆的叫法），揭开手炉盖，在热灰里挖个小坑，把豆子放在里面煨，合上盖子。不多时，有“噼啪”之声响起，掀开盖子，豆香味就弥漫在空中，她捡起熟的抛入嘴中试温，然后递给我两颗。豆子吃起来又脆又香，“咔嚓咔嚓”两颗吃完，我伸出舌头望着她，还想要。染料店娘娘就会问我：“好吃吗？”我点点头，说：“好吃。”我娘娘就对她说：“让小顽头咬咬豆，练练牙齿。”染料店娘娘显得很高兴，并表示赞同，并关照我吃慢点，须细细嚼烂。我就这样嚼着在手炉热灰里煨过的豆子，从一颗两颗到整整一把，感觉阳光也香喷喷的。

一墙之隔外，沿墙孵太阳的人还有很多，其中必定有8号里的风瘫老外公。他家里人搬出板凳，搀他出来坐好，并在他的双膝上盖上一条旧毯子，让他也惬意地享受香喷喷的阳光。一帮弄堂小哥哥有时会倚着一面墙玩起“轧煞老娘有饭吃”的游戏，我很羡慕这个活动，小姐姐们则在一块平地上要么白相“造房子”，要么白相跳橡皮筋，玩得不亦乐乎，热气腾腾。

很快到了做午饭时间，外面的喧闹声渐渐消停，孵太阳的人拎着小矮凳朝家转。我也跟着自家娘娘辞别染料店娘娘，身上热烘烘地回家去。

白驹过隙，六十年匆匆而过。两位与人为善的娘娘均活过九十岁，且寿终正寝，无疾而终，去得安详有福。

眼下寒气一来，许多人还是喜欢聚在新村小区一角或公园里孵太阳。我有时也会带上一份报纸或一本书，去附近的新江湾城公园，选一处面朝阳光的座椅坐下，尽享阳光暖洋洋、香喷喷的亲抚，也是一种获得感哪。

2021 年冬

距离产生爱

壬寅年的央视春晚，看到在距离地球三百多公里的“神舟十三号”上三位航天员从太空向祖国和人民发来新年祝福的视频，禁不住感动，浮想联翩。

在过年祭祖时，内子回忆起在娘家做小姑娘的日子，时常与自己的父亲闹别扭。有时是她厌鄙父亲说话乱用成语，普通话不标准；有时是父亲指责她吃饭慢，只晓得拣荤菜吃等，相互间因而常常发生争执，不开心。结婚后，与父母家有了一段距离，不再天天见面，她忽然领悟到当时父亲的种种言行，其实一直有爱在其中。从此，与父亲相见爱敬孝顺，亲热不已，父亲见了她也疼爱有加，呵护不断，彼此间再也没有龃龉和不舒心。

我也有这种体会。女儿在身边时，一直觉得她长不大，孩子一个，说她几句，有时回嘴，不高兴了还落眼泪。等她飞过太平洋赴美留学，有了距离后，爱意顿生，竟产生了无尽的牵挂，一听到那里突发飓风或者枪击事件等就会急急忙忙地视频连线，嘘寒问暖，她也好像一下子懂得了爱和尊重。

2015 年，我偕内子一道去美国旅游，乘了十多个小时的飞机，还没有出纽约肯尼迪机场，内子只是自言自语地咕哝了一句："现在朝哪里走呢？"话音未落，身后有个上海口音即刻传入耳朵："侬（你）两位想去啥地方？我来指路。"想不到远隔重洋在人地生疏的异国能听到乡音，简直如圣人闻韶乐，循声看见一个同胞笑迎上来，那一瞬间，对遥远祖国、对故土上海的爱禁不住油然而生。

除夕那天看晚报，读到许多人不能回家过年的报道，譬如上海市公共卫生临床中心的医护人员因为要救治患者而坚守岗位，又如金山石化街道的三百二十三名工作人员陪"客人"过年，他们为"防疫抗疫"选择与自家人保持距离，但是他们与亲人间的爱通过视频连线一直传递着，丝毫不存在隔阂，反而变得更加心领神会、亲密无间了。其实，即使在平常日子，亲友之间甚至夫妻之间，也并不是朝朝暮暮厮守缠绵才能证明两情相悦，爱得深沉彻底。有时，恰恰是有了距离才让彼此看得分明，爱由心生，夙契逾深，灵犀相通。

春节在家翻阅《读者》，刚巧读到航天员王亚平的一段话。她道："人们说'距离能产生大爱'，的确如此，身处太空，你所见到的世界会让你得到升华——在你心中，有很多东西会变得很'小'，比如得失；有很多东西则变得很'大'，比如对家人、对祖国的爱和牵挂。”到底是航天员老师，她说得太好了！

每每抬头仰望星空，心里总会惦记在遥远的空间站上有咱们祖国最可爱的航天员在忙碌着。实际上，不只是我一个平头百姓在牵挂，三位航天员在天空顺利度过的每一天，都有祖国地面航天专家们二十四小时的陪伴、关爱和守护，是距离产生爱、彰显爱，也让人更珍惜爱。

2022 年 3 月

由一只搪瓷杯引发的回忆

还是在年前大扫除的时候，翻检出一只 20 世纪 70 年代在单位参加劳动竞赛时得到的一只白色搪瓷杯，杯子柄和底部有几处搪瓷已崩裂，露出黑铁皮的本色。当初把它放在橱柜角里，没有当垃圾处理掉，可能觉得尚可用。见了它，不禁使我回忆起好多有关搪瓷用品的事情来。

以前老房子弄堂对马路有爿搪瓷厂，厂名叫顺风，专门烧制顺风牌搪瓷碗、搪瓷脸盆等用品，小时候我曾透过玻璃窗看到工人们在车间里冒着高温烧制搪瓷的情景。现在搪瓷用品日渐式微，好像完全被各种各样价格低廉且掼丢不坏的不锈钢和密胺制品所取代，那爿搪瓷厂也似乎遭遇了逆风，已升级换代改行当了。

有那么几年，搪瓷用品很风靡、很时髦、很珍贵。我记得我那个大娘舅，抗美援朝复员后有两样东西在我眼里很稀奇，一个是绿色的军用水壶，另外就是一只抗美援朝搪瓷慰问杯。杯身白底红字印着“赠给最可爱的人”。据说这是 20 世纪 50 年代上海搪瓷行业青年工人的一大创举，当时共生产慰问杯九十多万只，留下了一个时代的印记。

20 世纪 60 年代末上山下乡运动开始后，知青们在随身携带的行李中，大多会带上时兴的搪瓷杯等，杯盆上通常写着“上山下乡光荣”“广阔天地、大有作为”等口号。有意思的是，当时要买搪瓷杯盆，还要凭上山下乡粉红色通知单才行。印象非常深的是我兄长 1968 年赴黑龙江农场前，家里购得一只搪瓷脸盆，印着一朵朵的向日葵，还有伟大领袖的语录。可见，当时搪瓷器皿不仅是一种生活日用品，还与身份的认同有关。

1975 年，我中学毕业被分配去上海港务局下属的杨树浦装卸站（上港集团所属单位的前身）工作，报到的当天就领到一只由 414 毛巾缝制的口袋，里面装着一大一小共两只搪瓷碗。回家后老祖母见了很高兴地说：“这是吃饭家生呀，光达也有饭碗头了！”

此后，我对搪瓷用品逐渐有了些许认识。搪瓷，原来又称为珐琅，由于其耐腐蚀、耐高温、安全无毒、易于洗涤洁净，而且美观大方、手感舒适等优点，是家庭餐厅中较为理想的炊具。据说，公元 8 世纪的唐代不仅盛产陶瓷烧制工艺的珍品——唐三彩釉陶器，也兴发了让人眼亮的珐琅品，发展至明代景泰年间，珐琅技艺冠绝当世，在金属基底镶铜嵌金再涂上玻璃质瓷釉，经高温烧制的珐琅成品已闻名天下，史书有景泰蓝之称。可惜千百年来搪瓷制品仅供少数天潢贵胄享用，1949 年中华人民共和国成立后，国家大力发展搪瓷产业，并开启了日用搪瓷“家家有，人人用”的序幕，此后从军营、车间到乡村，搪瓷制品由茶杯、碗盆、痰盂到浴缸，终于成为无处不在的日常用品。

颇感好笑的是，20 世纪 80—90 年代，国人（无论是公家单位还是私人家庭）无不喜欢在客厅里显眼的茶几旁放一只搪瓷痰盂罐。我记得很清楚，当时我在单位的经理办公室工作，搪瓷痰盂罐是各办公室乃至外宾接待室的必备用品之一。放置在那里的目的似乎是为了彰显文明，防止随地吐痰。现在回想起来，蛮发噱的，那痰盂罐实在没有必要放在那里。这也可说是搪瓷品年代的风光故事、时代印记了。

现在所见的日用搪瓷品越来越少，应该是属于时代进步的反映。眼下单位餐厅、街边的众多饮食店和大食堂所用的餐具搪瓷品稀少，大多数用的是密碗密盘或不锈钢餐具等，但搪瓷品还在，去艺术宫走走，常常能见到一些色彩鲜艳、图案别致的搪瓷艺术品，还有高雅的中华景泰蓝，叫人从心底里热爱。

2022 年 5 月

手谈解闷正其时

4 月以后，居家防疫的两个月，除了必要的做抗原、做核酸，人有了大段大段的空闲时间，本可以翻书读报纸，也可以刷屏看微信，可惜，所订阅的报刊邮递员无法再送上家门，我因此每天少了许多功课，一时无法适应，时而发呆。内子见我郁郁无聊，便灵机一动要我陪她摆“星阵”棋盘，局方而静，棋圆而动，进行手谈，戏事随缘，愁闷顿消，感觉其乐也融融。

以往，我由于爱好阅读写作，常常不是独自一卷在握，就是在电脑上码字。遇双休日，内子“买汏烧”之余会笑嘻嘻地向我邀战：“杀一盘，怎么样？”“好呀！”于是，在小方桌上摆开棋盘，白黑相半（围棋）或者楚河为界（象棋），两个人相对而坐，一局棋、两杯茶，将庸常生活的苟且不如意抛诸脑后，以手谈代闲聊，共享片刻清静。

东汉朝的班固在《弈旨》中论棋：“棋有白黑，阴阳分也。”他首次将围棋与天文、阴阳、王政和仁德联系在一起，大大提升了围棋的档次。当代围棋大师吴清源也曾说："围棋的起源应与八卦占卜有关。在文字产生之前，人们就是在棋盘上用白子和黑子来推测阴阳的变化。"疫情之下，我弈棋倒并不是为了测阴阳，卜吉凶，也不是为了彰显自己品位的高雅，而是在游戏过程中，去努力体悟行于当行，止于当止，平淡自然，与物无竞的弈棋之道、忘我之境，这样，就不会再去纠结当下为什么要足不出户以及"封、管、防"之类的诸多烦恼了。

其实，我的棋艺十分低下，没资格入段，只是略微知晓围棋有三条基本法则。一是公平法则，一人走一手，轮流下子，先行者贴目;二是生命法则，两眼活棋，棋以气生，气尽棋亡；三是生存法则，以空多为胜，一切战术皆围绕吃子与围空来展开。由此可以感悟到传承悠久的东方智慧，讲究规则，不可逾矩；讲究以气为本的生命观；讲究人多为胜，尊崇原始时代起便逐渐公认的生存之道。

围棋虽说也是"争胜之物"，但与其他棋类不同的是，它并非一定要搞个你死我活，不给对方留一点余地。它好在可以淡化胜负，直致中和。就如吴清源大师所说的"与其说围棋是竞争和胜负，不如说围棋是和谐""和谐相依，方成棋局"。围棋看起来是弈棋双方在展开激烈的争斗，但棋如流水，当你变身于围棋的流势，行乎当行，止乎当止，弈棋双方心息相通，最终达到的恰恰是一个和谐的境界。

内人的棋艺也不怎么高明，可说与我旗鼓相当。而我，尽管看过一些《围棋入门》之类，但仅此而已，并不想在棋艺上突飞猛进，成为高手，失去与内人弈棋的快乐。所谓“莫将戏事扰真情，且可随缘道我赢”“胜固欣然，败亦可喜”，喜欢的是那个沟通交流的过程、那段相生相合的时光。

手谈真好，消愁解闷，与物无竞，心平气和。一盘棋终，常常呈现你中有我、我中有你、和平共处、和而不同的态势。相谈两不厌，明天可重来。

2022 年 11 月

吃饭与心态

除去旧岁的忧郁沉闷，癸卯的年夜饭和元宵汤圆让人吃出了久违的团圆气氛和欢乐心态，可见吃饭与心态关联度有多么高。

20 世纪 70 年代初，我还在上中学时，有段日子时兴吃忆苦思甜饭。吃的是用玉米粉之类的粗粮做成的窝窝头，我们学生仔大多出于游戏心态，好奇心强，咀嚼着有些糙的窝窝头感觉并不难吃，这个教育效果没有发挥应有的作用，后来成为一种笑谈也就不了了之了。

年前翻阅名人轶事，看到南宋朱弁《曲洧旧闻》里有则讲苏东坡吃三白饭的趣事。

有一次，在京城，苏东坡与好友刘贡父聊天时说：“我与舍弟（苏辙）以前寒窗苦读时，每天都吃‘三白饭’。吃起来香喷喷的，实在美味，因此我们不相信人世间还有什么山珍海味能超过它。”刘贡父动了好奇心，就问：“什么叫‘三白饭’？”苏东坡如实相告：“一撮白盐、一碟白萝卜、一盆白米饭，乃三白也。”刘贡父闻言哈哈大笑，以为妙绝。

过了些日子，那位宋代史学大家刘贡父特邀苏东坡到他家吃“皛饭”。“皛”，音同“小”，乃是皎洁明亮的意思。大玩家苏东坡从来没有听说过有这种饭。苏东坡告诉朋友：“刘贡父读书甚多，这‘皛饭’必有出处。”结果苏东坡到刘家一看，饭桌上就是一撮盐、一碟萝卜、一碗饭。这时候，苏东坡才明白，刘贡父在跟他开玩笑。苏东坡生性洒脱，也不生气，就当吃了顿家常便饭，把“皛饭”全部吃光了。

苏东坡何等机智，在吃饭时，已经想到对策。吃罢饭告辞时，他说：“明天你到我家来吧，我给你准备‘毳饭’。”“毳”，音同“翠”，指的是人体身上的某些毛发，俗称汗毛。刘贡父明白，苏东坡在斗智上从不吃亏，担心苏东坡耍他，就不想去。可是，刘贡父虽然博学，却也没有听过“毳饭”一说，他十分好奇。

到底什么才是“毳饭”？带着疑问，刘贡父如约来到苏家。两人闲聊，开始聊得很欢，从诗词到典故，从典故到时局。一晃都过了饭点了，苏东坡还没有开席的意思。后来刘贡父实在忍不住，开口催苏东坡快点开饭。苏东坡让刘贡父再等等。这样反复多次。最后刘贡父忍无可忍，责问苏东坡到底怎么回事，明明叫他来吃“毳饭”的，可是“毳饭”在哪里呢！苏东坡一脸平静地说：“盐也毛（毛，即有，没有），萝卜也毛，饭也毛。岂非‘毳饭’？”刘贡父听罢恍然大悟，捧腹大笑说：“我本来就知道你必然会报复，可没想到‘毳饭’是这个意思。”看刘贡父缴械投降，苏东坡哈哈大笑吩咐开饭。两人肚子饿极了，都吃得很香。

苏东坡一向乐天心态，随遇而安，读书时吃“三白饭”并不觉得愁苦，而是津津有味，自强不息，终成文豪。

这则吃“三白饭”的故事让我自然联想到去年四五月份疫情封控期间与吃饭有关的两件事。一是我的一位忘年交“小浦东”，以前一直习惯靠外卖过日子，因为无米做饭，不得不吃了两餐狗粮，后来吃到邻居救急的白米饭，感觉赛过吃新米饭，不用佐菜，非常乐胃。另一位是离休干部——扬州籍的刘大娘，心态极好，坚持天天吃酱菜卤水淘饭，还说中华人民共和国成立初期和自然灾害年代，她也是吃酱菜卤水淘饭过来的，“扬州酱菜卤，好吃来兮！”居委会提供鸡腿鸡蛋等保供物资给她，她心甘情愿说让给困难户吧。老实说，在那段日子我是有些恐慌和担忧的，由于心态紧张，吃饭感觉甚是寡淡。

再说苏东坡，三十六岁时任杭州通判（据说相当于副市长级），日常应酬饭局太多，他觉得有些吃不消，将这个职位当作“酒食地狱”，视为畏途。回想当年的“三白饭”，虽然不如眼下随便一桌的佳肴，却反而口舌生津。为什么？心态也。

春已至，但愿所有人保持好心态，吃饭香，睡觉甜，身体健康，干劲越来越足，去不断创造新业绩。

2023 年 2 月

《战上海》往事

看电视剧《破晓东方》，不由得想起年少时的一些往事。其中的关键词有 :《战上海》、嵩山电影院、姐夫等。

《破晓东方》的原著叫《战上海》，而早在 1959 年就有一部经典老电影《战上海》。不过，它在“文革”时期一度被禁放，无法看到。1969 年初夏的一天，我当时居住的老房子在卢家湾一个弄堂里。有个比我大三岁的孩子王阿薛，对我和鹏程几个要好的玩伴不无炫耀地说 :“下半天我要去看电影《战上海》。”“啊，在哪里看？”“嵩山电影院。”“有几张票啊？我们一道去。”“只有一张，学堂里发的，看好要写批判文章的。”我和同龄的鹏程那时都在小学读五年级，十分羡慕阿薛中学学堂里有这样的待遇，就商量决定午饭后跟阿薛一道去电影院，各自准备好两角钱（当时一张电影票一般一角钱）等退票，说不定能看成。

嵩山电影院靠近八仙桥，在淮海路和龙门路口，从家里走过去大约三刻钟。我们沿着重庆南路到淮海路朝东转，一直走到龙门路口，见到有一幢外形很像“大世界”式样的建筑，它就是嵩山电影院。我们提前半小时到那里等退票，离电影放映还有十分钟光景，我与鹏程总算等到了一张票。为了显示公平，我们俩以石头剪刀布“猜冬猜”谁赢来决定谁进去看电影，我三局两胜赢得了机会，兴高采烈地回身去检票进场。检票爷叔拦住我，问我讨要学生证看。我说我们小学没有学生证。“那你不能进去！小学生看了要中毒的。”阿薛和鹏程相帮我向检票爷叔说好话，恳求通融一下，检票爷叔一本正经地说：“放你进去就是我阶级斗争观念不强了，绝对不行！”说什么都无用，我只好悻悻地把电影票退掉。阿薛一人进去观影，我和鹏程两个“野”在外头等。为了消磨时间，我和鹏程先是在电影院旁边的弹硌路上转悠，然后沿龙门路北上到八仙桥菜场附近看野眼，车来人往的，看了一阵，又跑到龙门路、延安中路转角口一爿文具店盘桓，最后花六分钱买了两张蜡光纸（那时风行刻纸样），准备回家刻花样用。

电影散场，阿薛看完电影从边门出来，在弄堂露天贴墙小便池解手后与我们会合。他告诉我们电影很好看，接着边走边把内容绘声绘色地讲了一番。我们就问：“那毒在哪里呢？”“毒在，毒在……”阿薛迟疑了半天说，“毒在‘汤司令到！’”随后几天，弄堂里到处听到玩伴们都在学叫“汤司令到！”，据阿薛说，他后来真就以此敷衍成文交差，老师评价说“阶级斗争观念不强”，但也算过了及格关。

时间就像神秘的魔方，时移世易，两年后我和鹏程一起读中学，碰巧班主任老师的家就在八仙桥附近的龙门路上，想想说不定以前碰见过。直到 1976 年，我才有机会完整地看了一遍《战上海》，觉得很精彩。到 20 世纪 80 年代初，我以前的玩伴阿薛有一天忽然成了我的姐夫，我都不晓得姐姐是怎么与他好上的。

20 世纪 90 年代，随着上海改革开放步伐的加快，坐落于淮海路、龙门路口的西班牙式建筑嵩山电影院（由葡萄牙人雷玛斯于 1921 年所创建，原先名叫恩派亚大戏院）被拆毁，原地兴建了时代广场连卡佛商厦。原先的弹硌路再也见不到，一段历史就这样成了传说。

2023 年 3 月

学文杂记

近日阅报，见到人工智能聊天机器人 ChatGPT 能在一小时之内写出二十篇作文的新闻，我不由得感慨，以后写作文如有“芯片人”加持，可让“碳基人”写作者少伤多少脑细胞啊！

写作文是脑力活，我记得自己初学作文是在五十多年前读小学三年级时。班主任诸葛老师先教我们练造句、背课文等，然后教我们开笔写几个句子，连成一段话，题目好像是“我的爸爸妈妈”或者是“我的爷爷奶奶”，写自己家人是干什么的，当然结尾最好是光明的。为了便于作文，我开始做有心人，在阅读中收集好词好句，记下有意思的歇后语、名人名言等。在班主任诸葛老师的教授下，我的作文有明显进步，四年级时有一篇学雷锋的文章变成铅字，在当时的《红小兵报》(原《少年报》) 上登了出来，在同学和邻居小伙伴中引起了轰动。

阿姐大我三岁，已上初中，她对写作文不感兴趣，有些望而生畏。一次突发奇想，要我帮她应付功课，我试着借题发挥凑成了一篇近八百字的小文，当然没有套用“全国形势一片大好，我校也不例外……”的流行句子，结果得到她老师的表扬。此事被阿姐同学、一个绰号叫“张老板”的邻居得知，他也来央求我帮他写作文，并允诺完成一篇作文就请我去鲁班路沁园春面店吃一碗 8 分钱的阳春面。为了能吃到阳春面，写出不同的作文，我设法熟悉初中语文课本，还真花了不少心思练笔。

20 世纪 70 年代中期，我中学毕业被分配到企业工作，拿榔头做修理工，偶尔也提笔写些文字。有次同班组的一位师妹家里有事想告假两天，求我帮她写请假条，我心血来潮以其父亲名义用文言文写就了一份。她将假条拿给车间主任，主任看后说：“你爸爸读过私塾？这文言文写得不错，准假了！”我听到她转述后不禁哈哈大笑。

20 世纪 80 年代，文学的春天不请自来，不仅中国现代大家“鲁郭茅巴老曹”的作品让人醍醐灌顶、大开眼界，更有世界文坛众多作家作品令人目不暇接、惊喜不已。我一时兴奋莫名，有样学样，作文竟然可以用马尔克斯式的魔幻开头、欧·亨利式的巧妙结尾，文中可有弗洛伊德的自由联想与卡夫卡的梦魇，还可用普鲁斯特的意识流和海勒的黑色幽默、海明威惜字如金的电报体和托尔斯泰气势恢宏的全景式描写……学习历史，发现华夏作文古法绝妙：古来文章，以雕缛成体，推敲琢磨，“两句三年得，一吟双泪流”是常事，而“凤头猪肚豹尾”六字法也早为后人提炼了作文要义。后来，我又见到国学大师刘文典归纳出的写作五字真言“观世音菩萨”，也颇觉得有意思。《红楼梦》所谓“世事洞明皆学问，人情练达即文章”，可谓道破人间沧桑；而才子书《水浒传》留下的草蛇灰线、伏脉千里，逐渐让人懂得，作文当环环相扣，前后呼应。

20 世纪 80 年代中期，我以文学青年自居，业余时间热衷于“艺海拾贝”，偶有“豆腐干”作品在行业报上刊登，无意间得到企业领导的关注，我因此被安排到办公室去写简报，从此挥别榔头，以笔谋生直到退休。这数十年间，回想起来也颇有“稿来稿去”的折腾烦恼，就像俗话说的那样：“一稿二稿，搞了白搞；三稿四稿，刚刚起跑；五稿六稿，还要再搞；七稿八稿，搞了再搞；九稿十稿，回到原稿！”形式主义害死人！

真正让我学会“我手写我心”，并能欣赏别人佳作的是当年时任《劳动报》总编的忻才良，有次他发了一篇我写后经他修改的稿子，并相约见面。就是那次面对面的点拨教诲，至今令我难忘。他说：“好的文章，至少有三点存在理由，即一真情、二实感、三新意。否则，还不如花些时间去背诵唐诗宋词对自己更有益。”他的这番话，对我后来的写作，仿佛提出了一个标准和要求，受用至今。

岁月飘忽，性灵不居；胸中存天地，下笔有经纬。我虽然通过学习略微懂些作文之法，但知道是一回事，运用又是另一回事。我笔耕多年长进不大，只是能表达自己所想的心事而已，但终究要比“芯片人”更真情。

2023 年 6 月

交通岗亭往事

前段时间的热播剧片头部分，有老早交通岗亭一晃而过的镜头，一下子引起我对过往岁月的回忆。

我印象最深的是两处交通岗亭。一座位于原延安东路外滩“亚洲第一弯”附近的路中央。交通岗亭呈圆柱形，上面部分是窗户，可供交通警四面观望道路状况，下面是漆有淡黄底色、用红色线条勾勒的密封墙面。整座岗亭悬空架在钢梁上，有三层楼那么高，进出岗亭需要借助楼梯上下。20 世纪 60 年代末，我读小学四年级时，有一天下午与弄堂发小鹏程、国庆两人一道正游览外滩，看黄浦江水上的风景。鹏程眼尖，在靠情人墙一侧的人丛背后，第一个发现有小偷正在行窃。他悄声告诉我们：“有贼！”我们立即警惕地盯住对方，见小偷得手后转身要离开，“怎么办？”心里一急就叫出了声：“抓小偷啊！”小偷做贼心虚，拔脚就跑，企图朝马路对面的延安东路方向逃走。那时，我们也不知道哪里来的勇气，竟然都奋不顾身地追起来。也是巧，这一幕被岗亭处的交警发现了，快速果断地拦截了小偷。我们气喘吁吁，把经过情况报告给警察叔叔听。小偷掏出了偷走的三十元钱还给失主。那个警察叔叔不住地表扬了我们一番，还邀请我们登上岗亭留下姓名。我们谢绝了他的好意，那天我们直到晚上还挺兴奋。

另外一座交通岗亭处于淮海路原“淮国旧”西侧一点的位置，靠近“淮国旧”西侧原来有一家青鸟照相馆，离照相馆门口不远就是交通岗亭。它的式样与外滩岗亭没有什么两样，只是没有那么高，底座也没有钢梁，登上台阶两三步就可入岗亭。我记住它，是因为隔壁邻居小弟差点走失的事。我家的老房子当时在卢家湾附近的弄堂里，隔壁住着小弟一家。小弟比我小五岁，他上面有两个姐姐。小弟喜欢跟着我玩。我读五年级小弟刚上学，有一天我带他去复兴公园玩，玩后从雁荡路后门出去，到淮海路“淮国旧”里白相，溜达一圈后正准备回家。不知怎么，我们走散了。我当时那个急啊，浑身冒汗在“淮国旧”里头转，四处寻找不见，就去店里找人求助，有人出主意报告警察帮忙。也只能这样了，我走出“淮国旧”看见警察岗亭，心想交警也是警察，先去求助再说。等到我登上岗亭，出人意料的一幕发生了！小弟正在岗亭里吃着警察给他的饼干，眼睛里还流着泪呢，一见到我一下子破涕为笑了。我也一下子放了心，“谢谢警察叔叔！”我再三道谢，暗自庆幸。

中学毕业时，1975 年年初，我与三个特别要好的同学在“淮国旧”附近的青鸟照相馆照了一张合影。我们当时都穿着一色的藏青色涤卡中山装，左上衣口袋别着钢笔，一副书生意气的模样。拍好照，我们就在淮海路交通岗亭处挥手告别！

四十多年转瞬即逝，以前的交通岗亭由于城市建设的发展已不复存在。时代、地貌和生活气息都变了。从前的同学也少有联系。我们合影的四人，其中一个后来去美国纽约大学深造当了律师，现在居住在加州，有自己的律师事务所；另一个从同济大学毕业后，在香港的设计师事务所任建筑设计师，现在还在忙；还有一个从农学院（现在为交通大学）毕业后进市政府办公厅当秘书，后来下海经商，也曾搞得风生水起，现在以书画养生。只有我读的是电视大学，一直在企业写字间工作，退休后依然涂涂抹抹，哄自己开心。

2024 年 2 月

第三辑

可爱的景物

雨中锦溪

春游锦溪，与初次去不同的还是下雨。这是午后，雨大了些，诗意稍逊，如果像细丝像牛毛，就更富有“江南水乡”的韵味了；倘若是秋雨，倒也让人在莲花池塘中娉婷的桥廊里感受一下“留得残荷听雨声”的情调，不过事事如意往往是一厢情愿，实在也没有什么可惜的。

此地旧名陈墓，曾被文化大家沈从文先生喻为“睡梦中的少女”；有千年的传说伴随着五保湖水底孤独的陈妃冢，附近有据说是宋孝宗给爱妃超度的莲池禅院，现在被承包了，香火有点惨淡。现在的地名很华丽，以锦记溪，秀色可想，也颇夺人眼球，其实就是昆山郊外淀山湖旁的一座古镇，与朱家角、同里、西塘、乌镇和周庄等江南古镇有些略同。不同的是商业气息的浓淡，最大的差别就在当时当地游人的心境了。手持五十元门票，冒雨感受古镇气息，河道逶迤，石桥古朴，绿水中倒映着白墙黑瓦还有沿河廊那成串的红灯笼。街缘水典，随意往前走，青砖路变窄，石板上湿湿的，巷子逐渐有了老街韵味，好在没有喧嚣，看到了桐油涂的排门板，街对面老宅门前三两个老人在闲聊；一个大婶在这边清理鳑鲏（一种淡水鱼），手法娴熟，干净利索，据说该鱼经油炸椒盐后是一级的下酒菜。她问我与同伴：“要不要？”我们回绝了。继续蜻蜓点水般地参观了两三个民间博物馆，无非是古董馆、紫砂馆、根雕馆、钱币馆……在一位名叫钱向东的画家处看到多幅小桥流水的水墨，另一位姓徐的老画家擅长工笔，也颇值得观赏。匆匆从上塘街逛到下塘街，我就回想起第一次到此地看到清末帝师翁同龢所作的那副对联，还在老宅门两边：“世上数代旧家无非积德，人生第一好事还是读书。”由此可见锦溪是有些传统文化含量的。

不知何时，雨停了。也真叫常游常新，来来回回不觉又走到天水桥，眼见两边桥柱上的题词忽然让人心有所动：“愿天多生好人，愿人多做好事。”善哉，善哉！

逛了一圈，正想歇息，在茶馆处巧遇一同来的游人，同游中好客者招呼，于是增添了一壶碧螺春和两包瓜子，围桌而坐。茶馆的位置正好在河边，河面波光粼粼，坐着游客的游船由船娘慢慢晃晃地摇着。抬头看，对面河堤边游船码头，一批新到的游客正排队上船，传来一阵阵嘈杂的欢笑声。我们看着闹热，坐着说笑，感受着宁静的光景、舒坦的心境。小镇虽然乡土田园味不浓，但真实而祥和，景色品位值得观赏，是休闲养心的好去处。

2018 年 3 月

中原路的变迁

劳动节前夕，大型原创话剧《追梦云天》在美琪大戏院上演，朋友关照，赠票观赏，戏散后照例乘地铁8号线回家，优哉游哉。这种好心情源于交通便捷，十多年前非得花一张百元大钞叫出租车不可。对此种便捷好处的体会是在去年8月的一个晚上，我真切感受到的。那夜和女儿同去美琪大戏院，看完阿加莎·克里斯蒂经典法庭大戏《原告证人》话剧回家，乘地铁8号线到市光路终点站时已是子夜11点35分，与女儿一道走在夜色清寂的中原路上，俯仰之间一股怀旧之情不由得悄然来袭，我想起了中原路的过去。

1990年时，我的工作单位分配给我一套新工房。新房子就处在上海市杨浦区靠近中原路的殷行路上。当时那地方相当偏僻，乡土气息浓厚，周围还有不少农田。殷行路正在重新扩建，好像一片建筑工地，路上全是灰土烂泥，而附近的中原路相比起来更狭窄，宽不过六米，路面铺着污秽不堪的泥沙，风过处灰尘飞扬，下雨天泥浆四溅，北起殷行路，南到民星路，再往南便是第二军医大学的地盘军事要地，与在翔殷路南面的营口路还没有打通。沿路的一侧是一条小河，河水散发着腥臭气。河岸上有芦苇和好多杂草，蚊蝇乱飞，到处脏乱差，令人不舒服。对行路难最受刺激的印象是，有一次已怀孕的妻子合扑滑了一跤，倒在中原路的泥沙路上，那时，真怕引发小产，弄得我们夫妻俩接下来的整个月都心神不定，吓得不轻，后来总算是有惊无险。除了行路难，还有就是缺少购物的商铺，连便利的烟纸店都少有，生活很不方便。需要像模像样的生活用品，就得乘车到市里去买。出行颇麻烦。住进新房是在夏季大热天，夏夜蚊子多得简直难以招架，叫人无法入睡，我和妻子后来只能用吸尘器吸蚊虫的办法，每晚“战斗”到深夜。

变化在不知不觉中产生的，大约过了四年，随着殷行路的拓宽，我亲眼见证了什么叫杨浦奇迹、上海速度。中原路沿路一侧的河浜全部被填埋，成为道路的一部分。南面终于与营口路打通，成为殷行街道中间最地道的通衢大道。不仅左右道路拓宽延伸，而且南北向又新建或拓宽了四条公路。全部是标准的柏油路面。欧尚零售于 1999 年进驻中国，在咱们杨浦区中原路与嫩江路口开设了第一家大型卖场。除了各种类型的商铺、超市和菜场、还增设了学校、医院和文化馆。生活方便，岁月静好。新世纪以来，变化更快，

2007年12月29日上海轨道交通8号线的开通，让生活在这个区域里的人感受到了人民城市的巨大引力，从中原路到人民广场只需半小时，够便捷，也可以放心地在夜晚参加市中心的各种类型文化活动了。

二十九年转眼已成过往，抚今追昔，岂能不感慨系之？

2019年4月

当时只道是平常

在飞机上坐睡了十二个小时后，4 月 8 日早上，我们一家三口从戴高乐机场出来乘地铁到阿尔伯圣米歇尔酒店，放下行李，就走去巴黎圣母院，它既是具有八百年历史的古迹、观光名胜，又是著名的宗教场所，不过七八分钟，跨过一座塞纳河桥，就到了教堂门口广场。才 8 点半，免费参观教堂内部的队伍已排得老长。按照女儿事先做的旅游攻略，自由行的我们稍微做了些改变，决定暂不进教堂内部礼拜堂，按预约先去教堂外左侧钟楼入口排队，上一层楼购票，依序登钟楼。钟楼楼梯由石头筑成，呈螺旋状，空间狭小，仅容一人通过，爬了四百多级台阶，一家子人都感觉腿脚酸软，有汗在身；终于登上教堂的怪兽走廊，走廊并不十分宽敞，这就联想到当时卡西莫多当时丢石块的情景，有些滑稽，又一想那是雨果老先生艺术虚构的事，如果太当真就不好玩了。站在走廊上可以看见圣母院墙上塑造的各式各样怪兽和滴水嘴兽，形象挺奇特，颇可爱，但是碰摸不到，因为周围都装着铁丝网拦着。在上面的好处是能远眺，如同身边的小怪兽一样静静地俯瞰巴黎。塞纳河就在自己的眼皮底下朝远处流去，左边远方可以看见埃菲尔铁塔在那里矗立着，右边远方的卢浮宫则隐没在鳞次栉比的建筑群中。我们观赏了一会儿，就想到教堂的侧面去看看，走廊转角处不允许两人并排同行，胖子只能挤过去，外侧底下依然是巴黎市景，内侧一面可以看到哥特式圣母院教堂的标志——那又细又尖的尖塔正高耸入云地竖着。不过，不能趋近，只可远观，尖塔四周都围着脚手架，好像正在维修。我们用手机拍照录像后，便开始转上钟楼。上面当然没有卡西莫多，唯有一位戴眼镜的黑人兄弟管理员在维持秩序，因为楼梯窄小，上楼时就不能让上面的人下楼，反之亦然。黑人兄弟管理员很尽职，请五六个人下楼后，再让五六个人上去参观。钟有两座，一大一小，大的据说有十三吨重。看完拍照后，觉得没有特别稀罕就撤退下楼了。

第二天我们去凡尔赛宫游览，结束回旅馆，晚餐后出门散步，观赏巴黎圣母院夜景，灯光一照，那地标建筑给人感觉甚好。

第三天，4 月 10 日一早，我们趁近在咫尺之便去巴黎圣母院教堂内观光。圣母院正面的玫瑰花窗前有一个圣母抱着耶稣宝宝、两旁各有一位天使的雕塑，左右拱门则分别是亚当和夏娃的雕塑。下面是三扇门。正面是“最后审判”之门，耶稣为主角，上下雕塑很多，刻有圣经故事；左边是“圣母之门”，刻着圣母的故事；右边是“圣安娜（圣母玛利亚的妈妈）之门”，主角依然是圣母子，据说是写实性较强的罗马风格。这次去得早，果然游客不多，还不用排队，经安检后就进入教堂大厅参观。说来奇怪，一进入礼拜堂，人的心自然而然会变得安详沉静，不苟言笑正经起来，进教堂的人都屏气凝神、悄无声息地观看祭坛、回廊、门窗，四处都是雕刻和绘画艺术，雕塑和花窗上面都在“叙述”圣人和圣经的故事，我们还看到了建筑该教堂的小模型。教堂里面所有的内容，好像就是圣母子在无声地奉劝游客世人要及时行善莫作恶，届时圣母喜欢招上天堂，否则经历“最后审判”时因罪恶多端免不了下地狱。由此可见，除了教堂历久珍贵的硬件，那与人为善、好好做人的教义也多少闪烁着人类精神文明的智慧，反映了人们对美好生活的追求与向往。对于进教堂的游客，这不失为一堂历史文明教育课。

谁也没有料到，不过一个星期，我们一家子在前往罗马的路上就得知 4 月 15 日下午巴黎圣母院发生火灾，标志性的教堂高塔塔尖被烧塌的消息，多么令人痛心啊！

数天后，朋友们在微信里都为我庆幸，说有福气看到过火灾前的巴黎圣母院。我只能无言以答。这使我想起很多，包括人生，当时登钟楼参观，就近游览圣母院，只觉得是挺平常的一件事，甚至还有些懊恼腿脚酸痛。现在巴黎圣母院要大修重建了，至少五六年之内再也见不到她的尊容了。我就忽然感到，当时的参观游览是多么的及时、可贵和值得，那腿脚酸痛又算得了什么呢？其实，人生经历的许多事道理大抵相通，当时只觉挺平常，是还没有真正理解事情潜在的历史意义，随着时间推移，一切都在变化与消逝，不以人的意志为转移，及时珍惜机遇，享受过程，回首往事的时候才会庆幸，你拥有过，真的，一切都是最好的遇见。

2019 年 10 月

初　冬

居家附近的街上，行道树栽的是香樟，对于季节的变化一直不动声色，始终绿叶满枝，都过 12 月了，还不明了秋究竟去了没有？我去新江湾城公园散步，明显感觉到了冬之味。

河里，睡莲支撑着残躯，枯枝茎梗倔强地挺出水面，有不知名的小鸟停立于茎上，纹丝不动，好像有生以来第一次在思考严肃的哲学问题。水流沉静，微波迟缓，仿佛煮熟的藕粉既透明又有些黏稠，天然一幅意趣横生的时令水墨画呈现在岸边我的眼前。

岸上，朔风开始变硬，刮得白茅如旗飘动。失去水分的芦苇改不了随风摇摆的本性，闻风起舞，还虚张声势地呼呼叫。柳树自觉近来瘦身成功，虽然掉了许多绿发，不再柔软婀娜，仍坚持在那里拗造型，显得眉目疏朗，也是一景。

前一阵子，在公园里使劲散发浓郁香气的桂树此刻不再怒放花味，停息欢闹，皮革质感的叶子却保持着固有的绿色。树们看上去有些瘦削，乃至嶙峋，带着寒碜。所有虫子都沉寂不再发声，果真是噤若寒蝉，大概都面壁修炼去了。

我想，这是个适合思考的季节。长空渺远，天光惨淡，删繁就简，无语沉默，好些动物和植物被“屏蔽”休眠，人感觉寂寥、空阔、嫩寒，该是向天地倾吐心曲，或者独语的时候。想说、要说和已说的，就像活着本身那样欢乐孕育，痛苦分娩，有时候免不了会忧郁冰冷、严肃僵硬，甚至无奈，需要停顿、独处，内心愈加想得到温暖，渴望阳光和色彩。

其实，公园里四处色彩还蛮丰富多样的，并不是想当然的单调灰暗。路旁小草虽然枯萎焦黄，常春藤却一如既往地照常泛绿，而万花纷谢之际，黄金菊居然表现得像四月里的油菜花那样亮丽精神，往日不引人关注的紫叶李在寒露中舒展身姿，像在做体操，叶片紫得叫人不可捉摸。褐色的木槿树叶，像新潮人赶时髦的彩染头发，趁此地没有枫树在，便风光神气起来。池杉挺拔，比木槿骄傲，寂寞怀趣，临水而立，羽叶一片红，她只认青松为哥们儿，倒很坚贞。

要说老资格历经沧桑的当然数银杏树，千年前宋人已知其“等闲日月任西东，不管霜风著鬓蓬。满地翻黄银杏叶，忽惊天地告成功”。穿过一片银杏树的林间小径，金黄的叶子像蝴蝶一样正向大树作别，纷纷飞下来顺势铺就了一条临时黄地毯向寒冬致意：“您好！”退几步仔细观赏这片厚重明快的树林景致，简直就是一幅难得绝妙的初冬风景油画。

我捡起一枚黄叶，感觉落叶没有牺牲的悲戚，也没有解脱的欢喜。心里不由得想，自然的四季好像生活中的五味，缺少了就会令人觉得寡味别扭，四季是年岁轮回不可或缺的程序。秋去冬来，树叶完成了守候的使命，度过了命定的时光，为了继续让树木保持水分，储备养分，酝酿来年的重生，叶子选择飘零离开枝头，自然而然，这是天地间生命必不可少的阶段和应有之义。否则，整个过程就不会圆满，树木对未来的希望也就彻底落空。因此，该对枯枝败叶也行一个注目礼。寒冬即临，春将接踵而来。

2019 年 12 月

漫步“新园”感受美好

退休在家，我最开心的，就是到附近的新江湾城公园（我称作“新园”）去漫步。“新园”原为军用机场，是改革开放后才转为民用，它保持了原生态景致，是优美迷人的宜居示范区，可感受天地灵气、季节变化和生命的精彩。

识草木之名、与植物相伴使人赏心悦目。以前我只感觉碧草绿树好看，却分辨不清它们分别叫什么。有一次在通幽小径上，我偶遇一位少妇带着她的孩子在游园。那是个学龄前男童，可能得到母亲的鼓励，正指着身边的草木，向一位穿“杨浦绿化”背心的园丁不住地请教：“爷爷，这是什么草？那叫什么树？”我一时好奇，同时也想增添些新知，便旁听起来。后来那个园丁也成了我的植物老师。

一见到碧绿柔嫩的青草坪，孩子就想躺下去，园丁说：“这是地毯草，碧碧绿，可以坐歇。那里一片灰绿带紫的狗牙根草是足球场的专用草，可踏可躺。”然后，他告诉我们，沿阶草（书带草）根细茎短样子谦卑、吉祥草名声响亮、鹤草引人注目、铜钱草有趣、蒲公英毛羽轻盈，还有叶色青翠的狼尾草等，不可踩踏，它们敏感，逢秋变黄。说话间，西风穿林，黄叶落地，见有一枚心形枯黄的梧桐叶飘落眼前，有道是一叶知秋，秋叶静美，包含荣枯变化的玄妙。秋天到了，淡灰紫色的鸡爪槭叶子已变红，紫叶李枝叶紫红，池杉羽叶棕红，穿过一片银杏树林小径，明黄的杏叶像蝴蝶一样正向大树作别，秋色斑斓，十分好看。八角金盘的绿叶依然张开得像成人的手掌，芭蕉树的叶子就像《西游记》中铁扇公主使用的芭蕉扇一样，有趣好玩。

说到灌木，园丁爷爷指给我们看四季都绿的冬青，秋季的灌木精彩纷呈，是高光时刻。沿路有一排排瓜子黄杨、金边黄杨、花叶青木等，正在开花的有月季、红花檵木、吉祥果火棘、七里香海桐、红树叶石楠和金丝桃，最精神的要数金光菊，它们姿态各异、有色有香。云想衣裳花想容，花儿更是千姿百态、自在烂漫。“新园”里有报春的梅花，随后有迎春、山茶、白玉兰、桃花和金钟花等。江湾城路上有两排沿街的樱花树，4 月里开花时俨然一条花街，同时还有杜鹃、牡丹等花卉亮相。夏花绚烂，自不必说，“新园”的秋花也让人喜不自胜：夹竹桃、凌霄、紫薇、木槿、丁香、秋海棠，还有菊花、桂花等，那桂花幽幽袭人的香气，令人十分舒爽。“新园”里四季花香弥漫，如诗如画，想想都感觉美。

“新园”里有好多乔木。梧桐、朴树和香樟是行道树，沿河有垂柳、羽杉、梨树和楠木等，沿墙葳蕤的有苏铁、女贞、构树、李树和珊瑚树，还有装点各处的楝树、蚊母树、榔榆和雪松等数十种乔木。秋天的树木懂得瘦身，虽然掉了许多绿发，不再柔软婀娜，但坚持挺拔，显得眉目疏朗，也是一景。万绿丛中还杂有南天竹、黄金间碧竹和孝顺竹等竹子，角落各处尚有常春藤、扶芳藤等在蔓延……真是一叶一菩提，一花一世界。细想想，每一株草都渴望青春蓬勃，每一朵花都期待芳华灼灼，每一棵树都向往触摸蓝天，朝各个方向看都是一道靓丽的风景。得到指教后，每次散步，我几乎都会感到草木日新月异的气息与生命的精彩奔放。我认定植物是在以最佳姿态和最美容颜来回报为它们培土植株、浇水洗尘、修枝剪叶、除害防病并随时欣赏它们的人们。我从草木中看到了另一种美丽的花——穿枝拂叶的园丁们所付出并绽放的心血之花。

与动物为友使人爱生惜缘。走在健身道上，我认识了几位善良的人，其中有两位退休女医生。一位年逾八十，姓施；另一位六十岁出头，姓林。她们看上去优雅温婉，都要比实际年龄年轻，性格开朗，有时一同散步像母女，让人羡慕。施医生随身带着蓝色布袋，里头装着猫粮与鸟食。猫粮是从超市买的，集中放在林荫小路边的塑料盒子里，猫们都晓得此处有美食，常来享用。鸟食是小米和小鱼等，往回走到湿地观鸟亭的时候投撒，会引发阵阵人欢雀跃，给摄影者创造机会。林医生对动物有种天然的亲和力，她给“新园”里的猫起名，比如叫小白脚和跟屁虫等，有趣的是猫们对她亲热，愿意让她抚摸。上个月，她发现有只叫小虎的黄猫病了，便抱它去宠物医院诊治，猫竟然发烧 39 摄氏度，幸亏她及时出手急救——这事已在附近传为美谈。以下的事是我亲见，一只出生不久的小猫咪在地上挣扎。林医生看见后就大声喊叫：“黑桃，黑桃咪咪！”不远处的草堆中黑桃正在睡觉，听到叫喊出来好像在问：“叫我做啥？”林医生用手指着那只可怜兮兮的小猫咪，刚才还懵懵懂懂的黑桃一见顿时激动起来：“这是我的骨肉嘛。”急忙叼起小宝贝钻到草丛中去了。林医生冲我一笑道：“这个猫妈妈也太粗心了！”我好奇：“你哪能晓得是伊宝宝？”她说：“前两天我就看到伊大肚皮了。”我听后对她直竖拇指。

据《新民晚报》等媒体披露：“新园”现有三十六种鸟类在雀跃，占上海夏季鸟类种数的 88% 以上，其中包括三种国家二级保护鸟类、十二种中日候鸟保护协定中的珍贵鸟种，还有上海新发现的小鸦鹃、罕见的“雀中猛禽”伯劳。我去的次数多了，也有幸借助摄影者的镜头见识到白鹭、翠鸟、黄喉鹀、百舌鸟和斑鸠……此外，“新园”河里还发现了七种鱼类，其中棒花鱼、食纹鱼均为市区罕见，而灰巴蜗牛、背角天齿蚌等早已在市中心绝迹。与可爱的动物相处时间长了，我逐渐领悟到人并不比动物更钟情。其实，在自然面前，所有的动物包括人类都是一样的宾客。缘起性空，彼此间唯有珍惜缘分、和谐共处、敬重爱护方是正道。

漫步“新园”，眼看花儿自由自在地绽放，耳听鸟儿无拘无束地鸣叫，呼吸着清新空气，人怎么会无动于衷，怎么能不觉得生命美好、生活幸福呢？

2019 年 12 月

母亲留下的仙人球

6月里的一个早上，妻子惊喜地告诉我："妈妈留下的那株仙人球又开花了！"

我赶紧从眠床上起身去阳台上观看，果然，椭圆柱形仿佛自带花瓶的仙人球，同时朝天盛开了八朵白色的鲜花，让人感觉日子也敞亮起来。

2004年6月，母亲感觉身体不舒服去看医院门诊，结果，就像家里的墙突然倒塌了一样，她走了！

有那么几年，失去母亲的痛楚一度使我沉闷抑郁，感到人命危脆，朝夕有变，无常宿对，卒至无期，做什么事都心灰意冷、无精打采。那些日子只要在路上看到有头发花白的老太太在前面踽踽独行，我就会情不自禁产生想喊一声"妈妈"并上去拥抱一下的冲动。有时面对一个上了年纪的慈祥老妇，我会不由自主地愣怔，心忖，母亲要是在，也该是这个样子。

母亲离开后，她生前曾莳弄过的花草，诸如矮牵牛、万寿菊、孔雀草、一品红、百日红和凤仙花等，甚至连几株葱姜都因为无人浇水打理而全部枯萎凋零了。心不在焉地在清除那些残枝败叶时，我的手触碰到了一盆浑身长满硬刺的仙人球，刺痛令我惊醒了一下。妻子说："仙人球还活着哪。"我觑眼看去，仙人球干巴巴的，就像没人管教的弃儿，长得自暴自弃、疯狂野蛮，胼手胝足地抗争着，把一只花盆都撑破了，她的绿色不那么鲜亮，也不那么青翠，有些肮脏，还有些沧桑感。我心有所动，那就留下她吧，挑选了其中一株相对顺眼的。

妻子心善，对护理窗台上的绿植比我耐烦用心。过了四季一年，那株仙人球依然在花盆里倔强地保持着她神秘的装扮，乍看没有什么变化，仍不开花，但是原先鹅蛋大的绿色球体上又新生出鸽蛋大的嫩绿色球体来，整株仙人球变成了葫芦状，证明她依然活着。妻子请教行家，回复说要掰去那新生的球体，仙人球才会长大，乃至开花。妻子便依言将新生出的小仙人球小心掰下来，分栽在另一个盆里……

只有倾注心血呵护过的东西，你才会有所了解，正是妻子对我母亲留下的仙人球花费的时光，才使其变得如此重要。仙人球经过精心照护，开始有反应，奇迹出现在第三个年头。恰逢女儿中考，在冲刺考试阶段，不免有些紧张，作为父母当然有所期待。正处于家有考生的焦虑之际，那不声不响的仙人球花儿待在绿色的花萼里，悄悄地打扮起来，她精心挑选着自己出场的颜色，就在一个太阳刚刚升起的早晨，她绽放了。洁白的花瓣、淡黄的花蕊，美艳照人地来到世间。妻子喜气洋洋地断定说：“这是孩子奶奶在保佑我们，这株仙人球花儿的开放一定是其在遥远星空传递过来的祝福信息！”女儿因此信心倍增，结果如愿以偿地考进了复旦附中。

我信万物皆有灵，说奇也真叫奇。十多年来，每逢我家遇到重大事项，这株仙人球尽管平日里毫不张扬地待在盆里，但到了夏日节骨眼上都会默默地理顺花瓣，仙人指路般地适时开出花来，让人感悟到她吐露的花语：要坚强勇敢、等待等候、坚信爱和信任。

今年因新冠疫情蔓延防疫宅家，家里的仙人球似乎也有些磨磨蹭蹭地不想打扮，无意开花，她身上带些枯黄的绿色显现出一种不尽振作的生命状态，妻子细心地给她喂了些蛋清之类，直到 5 月底，疫情可控时她的状态才恢复勃勃生机，竟一下子孕育了八朵花蕾，这当然是叫人喜出望外的好兆头。

母亲走后十多年过去了，我现在才明白，有母亲气味在的仙人球对后辈是一种多么珍贵的礼物。

2020 年 8 月

老房子的水井

大暑日，见到高温黄色预警短信，我忽然就想起老房子的水井来。

老房子在本市原卢湾区丽园路上的老弄堂（号称“仁记里”）里，现在当地早已拆迁建成新公房了。新公房什么都好，唯一令人感觉遗憾的是没有水井；现在的城市新村里弄，几乎看不见水井，我总觉得这是个欠缺。

井啊，越是在记忆里越感觉富有诗意。弄堂里那口井就在我家老房子门前。有个水泥砌成的方形井台，圆形的井口就处在井台的中央，探头看井，井水冒着氤氲冷气，水汪幽深，冬暖夏凉，炎炎夏日冰冰凉真是消暑的好东西呢。记得五十年前我还是孩童时，大热天，也是放暑假的日子，就喜欢赤膊，着一条平脚短裤，双脚穿着木拖板亲近井水，水是那么清冽凉爽，含着甘甜，而且不需要花一分钱，只要你肯花力气汲取它就可以冲洗受用了。

通常，早上和整个上午的井台是阿姨妈妈的地盘，她们洗菜汰衣、刷锅清盆，顺便与邻居聊家常。孩子们则在家里做暑假作业，午睡或是外出玩耍捉知了以后，大约下午三点钟光景，弄堂里的小男孩们陆续来井边。正经的先是完成姆妈的吩咐，用吊起来的井水拖地板，清洁家里的地面。然后，就在井台上用铅桶将井水捞出劈头盖脸地冲澡，那个阴凉刺激，真叫爽快！这样的情景几乎每次都会招来邻居阿婆焦急地呼喊："不能这样啊，孩子，会发病的呀！"嘻嘻嘻，那时真是无忧无虑、无知无畏的懵懂少年时光啊……

很快黄昏来临，井水赛过天然冰水，很快又变得吃香起来。隔壁3号鹏程家要用它浸光明牌啤酒，我家要浸西瓜，对门5号其盛家要浸黄金瓜，6号里的小脚奶奶喜欢喝被井水激冷的绿豆粥，7号小国庆的爸爸喜欢在弄堂里自斟自饮喝高粱酒，常以井水冷却过的番茄或黄瓜、糟毛豆之类佐酒，晚饭吃得早的人家，赶紧用井水去冲凉一块平地，赶走暑气，然后用铺板搭张眠床准备晚上纳凉。这时，如果你再用吊桶去吊井水就显得有些犯难——井水少了。不过等到第二天早上，井水又恢复了原来的高度。日复一日，燠热的夏天就这样在井水的滋润下爽利地过去了……

在还没有洗衣机、电冰箱和空调的年代，老房子的水井为我们弄堂的老少居民提供了防暑降温的便利。那井水，随时序节气而自然调节温度，长幼各饮，虽说不能去病，但我绝对相信可以固元气添活力。时光荏苒，如今半个世纪已过，盛夏季节回想起那口水井，我依然有种晶晶亮透心凉的舒爽感觉。

2020 年 8 月

凌寒犹有花枝俏

年底一股凌厉的寒潮从北方袭来，冬天的单调朴素，会让人不由自主地想念色香俱全的梅花。诗圣杜甫曾云：“梅蕊腊前破，梅花年后多。”正值梅君光临之时，居家附近的公园里未闻梅香，新村里照管非机动车的梅粉爷叔车棚外倒有一丛红梅开得热闹，可惜是塑料花，他的杏梅盆景还没有动静。

所幸，我的手机里已收到喜讯：“从化梅花开花啦！”从 2020 年 12 月 18 日至 2021 年 1 月 17 日，第十九届广东从化流溪梅花节正举行，我以为新冠疫情还未了结，梅花节可能要取消，竟没有，真是好事。你不妨悬想一下，近百亩梅花在枝头如雪翻飞，到处梅香阵阵，芬芳扑鼻，梅影重重，移步换景，枕着碧绿流溪河，一片皑皑香雪海，面对如此“南国报春第一枝”的情景，多少弥补了岭南无雪的遗憾，赏梅人咏梅、画梅、摄梅、赞梅，该有多么欣喜、多么陶醉！

梅花作为一种中华文化的象征，已有三千多年的栽培历史，居中国十大名花之首，与兰花、竹子、菊花一起列为“四君子”，与松、竹并称为“岁寒三友”，早就深深烙印在国人的记忆中。她的花语：凌霜斗雪，迎春开放，风骨俊傲，不趋荣利，也已成为人们崇尚生命高贵、灵魂高洁的一部分。

赏梅之风自古至今连绵不绝。此风之盛，与古代文人的推波助澜有关。《书经》《诗经》都提到梅，观赏兴起，大致始自汉初。汉代刘歆著《西京杂记》载：“汉初修上林苑，远方各献名果异树，有朱梅、胭脂梅。”元代“梅妖”郭豫亨著有《梅花字字香》，他有一段议论颇值得关注：“《离骚》遍撷香草，独不及梅。六代及唐，渐有赋咏，而偶然寄意，视之亦与诸花等。自北宋林逋诸人递相矜重，‘暗香疏影，半树梅枝’之句，作者始别立品题。南宋以来，遂以咏梅为诗家一大公案。江湖诗人，无论爱梅与否，无不借梅以自重。凡别号及斋馆之名，多带‘梅’字，以求附于雅人。”

众所周知，唐人爱牡丹，而在南宋文人的诗词中，处处有一种低调的花朵舒展开来，那就是梅花。梅花原就主产于南方，龚自珍在《病梅馆记》中云：“江宁之龙蟠、苏州之邓尉、杭州之西溪，皆产梅。”随着当年政治中心的南移，带动文人墨客亦步亦趋，而梅花在凌寒中独开，其清雅俊逸的独特品性，又颇为士人所喜，因此，梅花理所当然地成为中国历代诗歌之中歌咏最多的花卉。上有所好，下必甚焉——这恐怕也是一个原因。

南宋大诗人范成大编有我国第一部梅花专著《范村梅谱》，他开篇就写道："梅，天下尤物，无问智贤、愚不肖，莫敢有异议。学圃之士，必先种梅，且不厌多，他花有无多少，皆不系轻重。"至今梅花依然是植物园林的标配，俗话说"梅花开五瓣，寓意福、禄、寿、喜、财"，因而受到天下人追捧，成为雅俗共赏的尤物。

梅花品种繁多，按梅花院士、北京林业大学教授陈俊愉巨著《中国梅花品种图志》《中国梅》分类，至少分为十一个品种群。光听听名字就叫人喜欢，其中有：江梅、玉蝶、黄香、绿萼、跳枝（洒金）、朱砂、垂枝、龙游、杏梅和美人等。实在叫我等植物菜鸟头晕，若不抱着植物图书去实地对照鉴别，恐怕很难分得清。

作为一个普通赏花人，我以为赏梅当以观形、闻香、品风骨为主，大可不必纠结于细分类，否则会失去兴致美感。

个人觉得好认并值得记取的有如下品种：

江梅好认，萼片绛紫，花瓣洁白，单瓣。古人吟咏冰雪白梅者，如"梅须逊雪三分白，雪却输梅一段香""遥知不是雪，为有暗香来"之类，多指这种。另有一种白色复瓣或重瓣的，为玉蝶梅，似有仙气，花蕾尖端往往呈浅红色，盛开后又会变淡白，非常神奇。她们不畏严寒、凌寒独开，令人惊叹。

红梅也好认，分为宫粉梅和朱砂梅，两者区别却较难。

宫粉梅萼片绛紫，花瓣呈或深或浅的粉红色，复瓣或重瓣皆有。朱砂梅红得深，花枝内新生木质部是淡暗紫色。红梅开得稍晚，盛开时，如燃烧的火焰、舞动的红旗，歌曲《红梅赞》唱出了所有赏梅人的心声："千里冰霜脚下踩，三九严寒何所惧，一片丹心向阳开……"

最好认是绿萼梅，萼片绿色，花瓣白色，小枝单瓣或重瓣。"梅格已孤高，绿萼更幽绝。"她超凡脱俗，清雅高洁，如碧玉雕成，淡淡的香气中蕴含着铮铮气韵，不由人不喜欢。

还有一种墨梅，是中国画家的艺术开拓，超现实的梅花，是用墨的浓淡来勾勒、渲染梅的清、淡、瘦。最著名的是元末的王冕，有诗为证："我家洗砚池边树，朵朵花开淡墨痕。不要人夸好颜色，只留清气满乾坤。"充分揭示了墨梅不慕虚名、绽放清芬的品格，彰显了无比的自信与如铁的意志，更昭示着不争春的从容和不畏寒的定力。

另类的是蜡梅，别名腊梅，金黄似蜡，虽然名字中有梅，但其实非梅，为蜡梅科蜡梅属，与蔷薇科杏属的梅花，不是同类。她与梅花的开放时间相近，略早，也是先花后叶，"香中别有韵，清极不知寒"。在殷行路与闸殷路相交的绿化带边上有四株蜡梅，年前似无动于衷，元月二日早上，我特地去拜访它，竟发现蜡黄的花已悄然而开！这种喜悦之情，在余秋雨散文《蜡梅》中表达为："是沙漠驼铃，是荒山凉亭，是久旱见雨，是久雨放晴。"上海赏梅之地颇多，共青森林公园、植物园、世纪公园、莘庄梅园和海湾森林公园等都有名。寒冬，“读书之乐何处寻？数点梅花天地心”，如遇下雪，更棒！毕竟“梅花欢喜漫天雪”，迎春赏梅学梅，人可以没脾气，但绝对要有骨气！

2021 年 2 月

回想走马那拉提

最近一段时间，有首歌十分火爆，在朋友圈里时常欣赏到它多种版本的音乐视频，去公园散步也会听到它被各种乐器演奏，那就是《可可托海的牧羊人》，旋律优美深情，歌里的故事动人，不由人不感动。因为歌中提到美丽的伊犁和草原那拉提，我就自然而然回想起十多年前的那次旅游。

可可托海的旖旎风光我虽未曾领略，但我对如诗如画的伊犁和那拉提草原却有极深的印象。早年曾读过著名诗人闻捷歌颂伊犁的诗篇，也知道伊犁得名于伊犁河，其意光明显达,形容河水在太阳照耀下碧波粼粼,最早见《汉书》,史称伊列、伊丽、伊里等名。清乾隆年间定名伊犁。《西域同文志》中，伊犁为维语，取义于“犁庭扫闾”（意即将庭院犁平整用来种地，把里巷扫荡成废墟），寓意平定准噶尔功盖千秋，西陲从此永保安宁。

走进伊犁，真所谓“闻名不如见面，见面胜似闻名”。刚到新疆的几天，起初还在腹诽当地地表的贫瘠与荒凉，一到了白杨夹道、绿树成荫的伊犁之境伊宁，顿时豁然开朗，像是回到了江南，而且，不知为什么，到了新疆心里会对所有树木花草升起一种崇敬之情。每一棵树，都站立成一种风景，真想自己也能够成为其中一棵，哪怕是绿色的灌木，装点着大地，那么独特，那么有魅力；看见白杨，整排笔直得像是仪仗队，就会记起茅公笔下的《白杨礼赞》，更感受到一种令人肃然起敬的集体力量，由此联想到新疆生产建设兵团的农垦战士，联想到当地的红柳以及沙漠里的不朽神话胡杨，甚至人的生命和灵魂……

在新疆，会感觉离天很近，白天阳光明媚，天色蔚蓝，夜晚似乎伸手即可触摸星星。我们沐浴着清晨的阳光，告别伊宁乘车前往“人间天堂”那拉提，果然领略到了河谷草原的亮丽风景。途中随处可见三个一堆、五个一堆的土墩，导游指着揭底说，这就是两千年前乌孙人——哈萨克族人的祖先的墓葬。继续前行，看见浩瀚一片的向日葵地，可惜，也许是季节的原因，它们硕大的脸庞多数朝下躲着，远没有梵高的画来得漂亮辉煌。不远处宽阔的巩乃斯河——伊犁河的支流时隐时现，河里水草葱葱，灌木茂密，不时有几只水鸟飞过。因为有水，土地就显得很滋润。

路上稍作休息，我们欣喜地看到薰衣草在田野中浪漫地蔓延，掀起星星点点的紫色浪潮，空气里飘散着淡淡清香，让人感觉很舒畅。到了那拉提，蒙古语叫“最先见到太阳的地方”，草原果然绿草如茵，山峦起伏，松林如涛，毡房点缀其间，细细的羊肠小道镶嵌在俊秀的群山坡上，有群羊在走动。许多人选择坐游览车登山，在下与部分人自告奋勇地选择骑马。骑马者由哈萨克族年轻人带领，速度缓慢，基本上是在走马。那天风和日丽，在马背上视野开阔，能立体地感受天山深处奇特的草原风光，真是一种难得的美妙享受，那时就想，做个马背上的汉子，骑马走天下也不赖。

“他们说你嫁到了伊犁，是不是因为那里有美丽的那拉提……”我的耳边再次响起了那首歌的旋律与歌词，就像再次沉醉在那拉提山谷的惠风里一样，妙不可言。

2021 年 2 月

漫漫紫花香

夏日的一个多云天，退休在家的我与妻子兴之所至决定一道去观赏薰衣草。上海薰衣草公园，也叫莫斯利安香草园，毗邻迪士尼乐园。我们乘地铁 11 号线，从迪士尼站 3 号口出去，向东约走五百米，早看到门口小熊 logo 标志，便迎着它进了公园南门。

入园后映入眼帘的满是紫色，让人产生一种温暖、欢快的情感，初以为见到的就是薰衣草，激动之余仔细观察发现，那是色彩浓郁艳丽的马鞭草，或许这是公园方一种故意的辟邪布局，先叫人亮一下眼，一大片的炫目紫色煞是好看，还有几只长颈鹿伫立一旁，增添了几分靓色。我知道，马鞭草有名也有来头。其芳名来源于《本草拾遗》，书中称："节生紫花，如马鞭节"，无尽草地中，紫草浮于面便是它。在西方文艺作品中马鞭草对吸血鬼有克制作用，能大力辟邪，一提到马鞭草（Vervain），吸血鬼就会特别害怕。它还是古代巫婆喜欢大量采用的植物。女巫认为，马鞭草是月神戴安娜的圣草，于是便被频繁地应用于各类仪式及魔法。西方人相信马鞭草可以使人隐形，挂在床上可驱走梦魇，因此被看作圣物。但它全株能入药，有清热解毒、散瘀止痛的功效是事实。它喜欢在阳光充足、气候湿润的环境下生长，不耐干旱却又怕涝，所以浇水量要适可而止，其花语是纯正无邪，唯有香气不及薰衣草那么袭人。

公园的主角非薰衣草花海莫属，沿弯曲拱顶的海棠花廊信步迈进，哇！拥有上海种植面积最大的薰衣草花田展现在眼前，花株比肩成排，有近二十万株。我们对薰衣草的向往源于口口相传的普罗旺斯，据说它是法国东南的薰衣草之乡，无数人迷恋它缥缈神秘的紫色，趋之若鹜。但是也有文献记载，薰衣草原生于波斯（今伊朗）与加那利群岛，经由腓尼基人引进到地中海之法国。后来在世界各地广泛栽种，比较出名的除了法国，还有英国及中欧南联盟一带、美国的田纳西州、日本的北海道。我国新疆的天山北麓伊犁霍城，恰与普罗旺斯地处同一纬度带，而且气候和土壤条件相似，因此是中国的薰衣草之乡，那里种植的薰衣草已列入世界八大知名品种之一。我也曾在各处薰衣草花海里巡游观赏，如今，这片盈盈紫色在上海就能看见，虽说不那么惊艳，但给人带来浪漫的感觉是一样的欣喜。

走进花垄、深入草丛能闻到浓郁纯正的香味。因此薰衣草开花时节，它又叫“香水花”。薰衣草的实用性是毋庸置疑的。它是一种名贵的天然香料，全草布满了油脂腺，是萃取精油最好的香草植物，被称为“宁静的香水植物”，又名“解忧草”。薰衣草精油有治疗烫伤、去除疤痕、消炎杀菌、安抚情绪、镇静安眠、消除疲劳及防治蚊虫叮咬等神奇功效。

薰衣草是值得亲近的。仔细观察，其花形如小麦穗状，有着细长的茎秆，花上覆盖着星形细毛，末梢上开着小小的紫蓝色花朵，窄长的叶片呈灰绿色，植株茁壮，成株高约九十厘米，一股香气扑鼻。风吹起时，一整片薰衣草像深紫色的波浪，层层叠叠地上下起伏，野地里花香四溢，悄然流泻，潇然飘散，近旁树木沉醉，鸟雀怡然，弥漫着一种优雅、纯粹和高贵的气息，美得令人感动，我不禁慨叹“木欣欣以向荣，泉涓涓而始流。善万物之得时，感吾生之行休”，难怪它的花语是等待爱情。与老伴一起观赏此花，这不仅仅是等待，而且是在享受，因而特别开心。

2021 年 8 月

春江水暖鸟亦知

每天去居家附近的新江湾城公园河畔散步，留心观察发现，雨水节气一过，早没有了寒冬时的姜芥辛辣之气，湿地河浜里的水明显变得欢快流畅、清冽透明，不像数九天的河水那般严肃、凝重和迟缓。

有天早上信步踱到生态观鸟基地，遥看岸边草地，地毯草显得很谦卑的模样，绿色柔嫩似有若无，但映照到河里，水色已是一派绿盈盈的样子。东南风徐徐吹来，平静的河水轻轻地皱起波纹，荡漾出不断扩大圈圈的涟漪。水里偶尔有“扑哧”声传来，不知是鱼儿还是其他水生物在河里嬉戏，我只发现近岸的河里有小蝌蚪和穿条鱼在游，水中央看不真切。此刻，眼光敏锐的白鹭仿佛从虚空中变幻出来，它们早已鸟瞰一切，旋即结队贴着水面扑棱翅膀飞行，眼睛紧盯水下猎物，出其不意地将尺把长的黑色长喙朝水里插去，几乎百发百中，待抬起纤长脖颈的时候，它们的长喙上已成功地叼起闪着银光的小鱼儿，然后吞吃，鸣叫“耶儿”。

上述情景被我看到的同时，也被许多双眼睛和生态观鸟亭里架着的长枪短炮似的照相机镜头所摄入。

叽叽喳喳的麻雀最会起哄，它们停在岸边的树上好像在七嘴八舌地议论是谁第一个发现白鹭啄鱼的，有些没有看到那一幕的麻雀也在欢呼雀跃，叫着就是高兴就要高兴。它们的兴奋劲引来了好些斑鸠，“咕咕咕”地叫。一群乌鸫飞来竞相炫耀“口技”，叫声嘹亮而又婉转，十分欢快。一对灰喜鹊和两只黄鹂从铁色的羽杉树上朝已开始泛绿的柳树飞去，它们仄着脑袋发出悦耳的鸣声，一下子穿越进杜甫的诗境里……

“快看‘水葫芦’！”不知谁叫了一声，我赶紧回头看河浜，观赏到吸睛的一幕：一队（四五只）号称“水葫芦”的小生灵正优哉游哉地在河中划蹼而行，它们在水上漂浮，不时地低头捉小鱼小虾吃，从侧面看去它们就好像一个个“2”字在河水上平移，非常有趣可爱。而刚才一批飞行掠食的长脚鹭鸶，也许现在肚子里都有了食物，开始追求精神生活，正在对岸的浅滩上随意走秀，它们是天生的一流模特儿身材，颈长腿长，步伐优雅，顾盼生姿。

这时上空“扑啦啦”又有几只白鸥飞来，它们在河浜上方忽高忽低，也在寻机捕鱼吃。我的耳朵里无意间灌入身旁一对七十多岁老夫妻的对话声。妇人说：“这里的海鸥嘴巴不红。你还记得云南滇池的红嘴鸥吗？就是三年前去云南旅游的那次，红嘴鸥胆子真大，还抢着停在你的肩膀上讨食吃呢。记得吗？我们还照了相哪。幸亏我们当时去旅游，现在疫情反复，哪里都不敢去……”

老先生突然伸手朝河浜方向一指说：“你快看！”

只见一只黑色的水鸟在水面上亮翅翻飞，我不认识它。妇人问老伴：“这是什么鸟？”

“这是江鸡，又叫红冠水鸡，吃小鱼小虾的。你仔细看，它的头顶有一抹红。”

“哎，真的呢！”

不一会儿，水面上又飞来几只背部羽毛翠蓝发亮、形状颇像啄木鸟的水鸟，它们炫技似的全身向河水里扎进去，然后再展翅飞向空中，赤色的嘴上有小鱼儿在垂死挣扎。

老先生不待老伴询问，就说：“这是翠鸟，专吃鱼和水生昆虫，漂亮吗？”

“真好看！”

老先生说：“这河浜附近的林子里珍贵鸟类蛮多的。我看见过小鸦鹃、黄喉鹀、白丽鸟、丝光椋鸟和棕背伯劳等好多鸟。春天来了，鸟是最早欢呼的信使。苏东坡有诗道‘春江水暖鸭先知’，其实，鸟也一样，它们应季而出，都抓紧时机出来觅食了。我们能在早春听到各种鸟声，实在是一种清福。”

难怪孔夫子说“三人行，必有我师”。听了这对老夫妻的对话，真有胜读十年书之感，长了见识。我只觉得拂面而来的春风如酒，眼观赏心悦目的水禽亮翅表演，耳闻林间清脆的鸟儿鸣唱，全身四肢百骸已沉醉在春天的惬意中。

2022 年 3 月

春日出门遇海棠

疫情有反复，为遏制扩散蔓延，本埠实施了网格化筛查防控，有人戏称道："封久必核，核久必封，清除妖雾，直至解封。"

所幸在下居住地属于非重点区域，各家人员按规矩接受核检后，结果全部阴性，皆大欢喜。在家闭关多日，3 月 30 日遇到解封，又恰遇一个难得的风和日丽的周末，我戴上口罩悄悄去附近的新江湾城公园给自己放风。

街静、人稀，沿小路款款而行，多日不见，公园已春暖花开。二月兰点头，白玉兰举杯，紫叶李频频含笑，金钟花热情相迎，樱花和美人梅竞相展示靓颜……

"春工叶叶与丝丝，怕日嫌风不自持。晓镜为谁妆未办，沁痕犹有泪胭脂……"我正沿小径欣赏两旁花卉，忽听前头有小男生在朗声背诵南宋诗人范成大的《垂丝海棠》，趋步上前蓦然眼睛一亮，见四五米远的曲径通幽处有两株垂丝海棠正迎风峭立，葡萄般大小的花骨朵姿态优美，绽放出粉红花色，娇柔明媚，令人惊喜。（我提醒自己与之保持距离）树旁一位斯文的中年男士听罢身边小男生背完一首，接着问：“唐代诗人郑谷的《海棠》还记得吗？”

小男生答道：“记得的！‘春风用意匀颜色，销得携觞与赋诗。秾丽最宜新著雨，娇饶全在欲开时。莫愁粉黛临窗懒，梁广丹青点笔迟。朝醉暮吟看不足，羡他蝴蝶宿深枝。’”

“那宋代朱淑真的《海棠》呢？”“哦，是这样：‘胭脂为脸玉为肌，未趁春风二月期。曾比温泉妃子睡，不吟西蜀杜陵诗。桃羞艳冶愁回首，柳妒妖娆只皱眉。燕子欲归寒食近，黄昏庭院雨丝丝。’”

“宋代杨万里的那首《垂丝海棠盛开》呢？”

小男生直接背诵道：“‘垂丝别得一风光，谁道全输蜀海棠。风搅玉皇红世界，日烘青帝紫衣裳。懒无气力仍春醉，睡起精神欲晓妆。举似老夫新句子，看渠桃杏敢承当。’”

“还有吗？你想想。”

小男生寻思了片刻，点头道：“有的，宋朝刘子翚的《海棠花》：‘幽姿淑态弄春晴，梅借风流柳借轻。初种直教围野水，半开长是近清明。几经夜雨香犹在，染尽胭脂画不成。诗老无心为题拂，至今惆怅似含情。’对了！我还想起苏东坡的那首《海棠》：‘东风袅袅泛崇光，香雾空蒙月转廊。只恐夜深花睡去，故烧高烛照红妆。’”

小男生一口气背完，我不由得大声赞道：“你们是在玩海棠诗飞花令吗？这孩子多大啦，真聪明！”

“读初一。”小男生挺挺胸脯，有些得意地告诉我。

中年男士容不得孩子骄傲，突然出了一道难题：“你知道林黛玉有一首《咏白海棠》的诗吗？”

小男生摇了摇头，回头问：“爸爸，你背得出吗？”

“我想想，”男士道：“‘半卷湘帘半掩门，碾冰为土玉为盆。偷来梨蕊三分白，借得梅花一缕魂。月窟仙人缝缟袂，秋闺怨女拭啼痕。娇羞默默同谁诉，倦倚西风夜已昏。’”

我其实根本记不清这些诗句，为了写作此文，我回家后特地进行了查阅复习。我很感佩这个为父的斯文人，为了煞住儿子的傲气，竟动用了《红楼梦》中林黛玉作的海棠诗。

当时，我对父子俩说：“你们真厉害，听上去有参加央视《诗词大会》的节奏啊！”

“哪里，解解闷而已！”那斯文人说，“因为小儿一向对诗词感兴趣，今天巧遇海棠，一时起意就陪他玩这个题目。”

“真好！”我由衷地称赞，与他们说拜拜。我心里想，宅家憋闷得慌，大家向往自由、向往春和景明的心情是一样的。

好像是为了证实我的这个想法，我看到距我五六米处有一对穿着宝蓝色夹袄的老夫妻正在海棠树边拍照。男人举着手机，对准站在海棠树边的妇人叫她笑。我看妇人，发现竟是前两天小区居民做核酸时见到过的志愿者阿姨，叫不出姓名，但她的慈眉善目给人一种亲切感。她也认出了我，打招呼道："出来兜圈子啊？我们也是，趁清静看花，寻空旷处走走。"我见她笑眯眯的样子，被像女儿似的海棠依偎着，整个画面娴静优雅。我不禁感叹一句："赞咯！"她礼貌地说："谢谢！"

我仔细端详眼前的海棠，花朵簇生于顶端，朵朵弯曲下垂，半开时分最动人，好像朱唇欲言害羞，楚楚有致。这时有个恬静的少妇牵着一个才会走路的女娃慢慢地移过来，女娃举手指着海棠发出童稚声："花花，好看！妈妈拿。"言下之意，要她妈妈摘花给她。我看到妈妈抱起了女娃，凑到海棠花前，说："宝宝真聪明！你是说花花好看对吗？"

"妈妈拿。"

"宝宝，妈妈不能拿的。摘下来，花花就离开她的妈妈了，花花会比打针还痛。宝宝想叫花花'呜哇'吗？"

"不要不要！"女娃立刻使劲摇着胖嘟嘟的小手，"妈妈不要拿！"

这一幕我看了个真切，很感动。要知道当年苏东坡把海棠拟人化，"只恐夜深花睡去，"不过是为了赏玩，而今我见证了这位妈妈把海棠拟人化，是出于珍惜生命，爱惜芳心，更是在孩子幼小的心灵中植入爱护花木、尊重自然、遵守公德的良好规矩。

在紧张焦虑的抗疫间隙，我春日出门换气，喜遇海棠，还邂逅了民间高人，真是别有一番滋味在心头，开心。

2022 年 5 月

探寻殷行路的由来

20 世纪 70 年代末至 20 世纪 80 年代初，我见识到的地处上海市东北角一隅的殷行路老旧不堪，狭窄就像乡村的机耕路，而且不长，东起军工路，西至世界路，也就公交车两站路的距离。

殷行路与明朝时期一位姓殷名清，字西溪（原松江府上海县人）的大户有关。那是在明朝正德年间，即 1505 年至 1521 年间，殷清一度任上林宛录事，因嫌官太小没劲，便辞职返里，他看中衣周塘（当时黄浦江边土塘，即今军工路）内侧之地不赖，便择机开店经商，不料一炮而红，由于经营得当，所营商店很快连成一片，形成集镇，称为殷行。

起初，殷行镇东西一大街，长不及一里，发展至最盛时镇街集市有三里长。袁长河直贯其中。明、清乃至民国期间，殷行镇云集各大商号、银楼钱庄、酒店饭馆等大小商店四十余家，早市寥寥，黄昏以后交易繁忙。凡茶、蔬、鱼、肉均于隔日购备，虽盛暑亦然，夜市十分兴隆。与此同时，镇周围形成了十余个自然村，有丁家宅、朱家宅、奚家门、崔家浜、小浜口等。清代又形成马家宅，东、西黄家宅，田堵宅，陆丁巷等二十余个自然村。

除了人气兴旺、繁华喧闹的市井景象，古镇上还建有葛尚书庙、白衣庵、玉泉庵、信民庵、鹅艭土地庙、江申土地庙、文昌阁等。可见当时人烟何等稠密！

自清朝乾隆以来，一直沿用原名，称“殷行镇”“殷行厂”“殷行乡”“殷行区”，如今为“殷行街道”，由此可见殷行历史的踪迹。

追溯殷氏园（殷家大院）的遗址，现今属于包头路北面东侧所在，清道光年间，由绅士杨春奎等捐建文昌阁等。清朝学者孙锡鬯著有《文昌阁记略》，其中写道：“殷行为濒海蕞尔，镇其得名以胜朝殷氏。时同里称殷、毛、陈、李四大姓，而殷氏居首。”再说殷清其人，为人仁厚，据史载，其富甲一方，且乐善好施。对贫困亲友和乡民，均热情相助，并乐于做慈善事业。明嘉靖元年（1522 年），地方遭灾，饥民无数。殷清慷慨出粮六千担，赈济灾民；但又不愿显名邀功，便借口传言：“我欲筑一土山于屋后，为我批送泥土者，可以换粮。”灾民知他的善意，纷纷前来背负肩挑，到麦收时节，土山筑成，灾民无一饿死。嘉靖四年（1525 年），又逢天灾，殷清开仓济民，并出银数千两，招呼灾民为土山砌石植树，修筑亭台楼阁，使灾民又度过了荒年。此土山命名为依仁山。 明代学者邱集在《依仁山记略》一文中记录了此段史实:“依仁山者,殷氏之家山也。”并称 :“父老语往事相与流涕，引子孙拜西溪翁遗像。”殷清的善举,让古镇灾民度过了荒年,还为宝山曾有两座山(一座是明永乐十年，即公元 1412 年平江伯陈瑄在清浦寨堆起的宝山 ；第二座便是明嘉靖元年殷清发起在殷行镇堆起的依仁山）增添了一个历史话题。

那么殷行作为一个兴旺的古镇，后来怎么会变萧条的呢？据史证，民国初期，农民还来附近垦荒，先后出现王宅、金宅、陆宅等七个自然村。到民国八年（1919 年），利用衣周塘（土塘）基筑成军工路，由于腹地宽广，交通便利，殷行地区开始走向城市化。终于在民国十年（1921 年）填上筑路，因为在殷行乡，故取名殷行路。

风云突变，20 世纪 30 年代，日本悍然发动侵华战争，日寇从虬江码头登陆，沿途居民惨遭杀戮。殷行镇及四周六十八个自然村，民房四千九百零三间，连同小学一所，庙宇、祠堂六处全部焚毁，沿江滩地被占为海军农场。日寇侵占殷行后，不仅毁坏依仁山，还掘墓盗宝，盗走了墓中的木乃伊，墓前的翁仲、石兽，还有明代著名书法家董其昌所书的石碑等文物。民国二十八年（1939 年），侵华日军为扩大战争需要，筑建江湾机场，强行对古镇作毁灭性扫荡，可怜数百年的“殷行集镇文明”被日寇“烧杀抢”毁于一旦，终成一片废墟！

抗战胜利后由国民党军队接管江湾机场，蒋家王朝对殷行路不屑一顾。1949 年中华人民共和国成立后，江湾机场成为人民空军的军用机场。上海市人民政府对殷行路进行了全面整修，建桥造房，推进乡镇发展，让废墟重新焕发生机，于 1960 年 10 月成立吴淞区殷行路街道办事处。此后，殷行路于 1964 年曾划归杨浦区。1980 年复归吴淞区，直至 1985 年 4 月，杨浦区殷行街道办事处建立，殷行路也尘埃落定，理所当然地归属于杨浦区。后来，殷行路从世界路口向西延长到国权北路的工程如期推进，到 2003 年 7 月新江湾城街道正式建立时，崭新的殷行路已全部贯通，全长约四公里，道路宽敞平整、开朗亮堂，车行道宽十五米，与非机动车道由灌木绿化带隔离，路总宽度二十四米，两旁行道树排列整齐，已名正言顺地成为杨浦东西走向的城市主干道。

岁月流转，繁华与悲凉轮回；“青山依旧在，几度夕阳红”。如今，我基本上了解了殷行路的前世今生，因此，每当我徜徉在车水马龙的殷行路上，眼见鳞次栉比的商铺楼宇便会不由自主地感慨系之，心想，从明朝嘉靖元年（1522 年）算起，殷行镇已十足五百岁了，而即使从民国十年(1921 年)殷行路正式命名计，也已逾一百年矣！窥斑见豹，从一截殷行路的起承兴衰与凤凰涅槃的历程中也可以洞见中华复兴的缩影。

2022 年 6 月

盛夏信步走绿道

赤日炎炎天气，我独自去林荫绿道散步，享受绿叶带来自然的清欢。

夏是绿叶的高光季节。走进一段羽杉夹道的路径，看挺拔的杉树活像英气逼人的武生演员那样排列，而羽杉枝仿佛就是他们背后的靠旗。人走在阳光直接照射不到的树木枝叶下，所看到逆光的羽杉枝叶就像透明的翡翠，绿得养眼。

一路逶迤而去，两旁出现一片香樟树林。樟树的身姿粗壮，其树冠绿叶茂盛，看得到树外金色的阳光，倔强地从绿叶空隙间穿射到小路上，在地面投下斑驳光影，时浓时淡，显出梦幻般的种种抽象图，有静幽的美。

四处皆绿，绿叶飘香、苔草流芳。常春藤攀援于树木间、林下路旁，绿得立体。曲径通幽处，一大片椭圆叶形的活血莲和一大片蒲扇般大的八爪金盘正舒展着油亮亮的叶子，让人感觉在表达一种不亢不卑的好意。此刻凉风习习，让人内心安宁，得以泰然处之。

沿河小径信步，有婀娜杨柳，垂枝如靓女秀发，随风飘荡。水里荷花如星映日，阳光洒在田田的荷叶上。在绿道上既可悠然徘徊、默默静坐，也可细细闻香、竖耳聆听蝉鸣——盛夏的绝句，也是当季最流行的背景音乐，时而行云流水，时而惊涛拍岸，有一瞬间会意想不到地戛然而止、此起彼伏……你若存下心来，还会谛听空中蜻蜓说话、鸟鸣虫语、水里小鱼讲梦，没有一丁点烦恼不爽。

起身再行，见绿道一侧有美人蕉舒袖独舞，还绽放出或黄或红的头饰般的花朵，扇叶垂荫，树影婆娑，叶叶心心舒展缱绻之情。想象一阵夏雨袭来，雨打芭蕉，淅沥有声，许人间丝丝清凉，岂不是倍添诗情！

最让人流连忘返的竹林绿道，竹风潇洒，像天风海雨一般悦耳。竹子是天然的演奏乐器。只要有风，风穿竹林，竹叶与竹叶便会友好感应，互相呼应，成就和音，导入人的胸臆。

盛夏，我在绿道上散步，在微暗的光线中慢慢享受静幽，哪怕每天出一身细汗，感受自然深沉的美，悠悠情趣，乐在其中。我忖，读天地之书，未必要入深山，修行随处净土，在绿道小径上信步而行，用心体悟，也能聆听到自然自在难得的禅音。

2022 年 7 月

清凉台望月

台风“轩岚诺”掠过，窗外已秋，我又梦到清凉台了，还有天上挂着的那轮金黄圆月。我没有去过汉明帝刘庄少时读书乘凉的白马寺清凉台。三十二年前的中秋，我有一次上黄山清凉台望月的经历。

那次不是自己的刻意行为。旅游是工会安排的，算是对单位年度先进的奖励。同行的有阿潘和长脚两位真诚风趣的年轻同事，其他人不熟。登山前，我们先游览了黄山东海的翡翠谷（也叫情人谷），导游说就在一年前，上海有三十六位青年男女邂逅于此峡谷，其中有十对结成了终身伴侣。峡谷怪岩耸立，流水潺潺，有瀑布、竹海，绿竹飞水相交融,别有一番神韵。后来传说李安导演的《卧虎藏龙》中竹林斗剑那场戏就在那里取景拍摄，我深信不疑。在游览情人谷途中，好像有仙人指路，我们很快结识了同游的一对漂亮表姐妹。姐姐姓朱，神情沉郁，妹妹姓刘，开朗活泼。一路上男女搭配，有说笑对象，增添了不少乐趣。

进得黄山大门，才开始登云谷寺，骤然淅沥下起雨来。这样，雨中看黑虎松、上排云亭和观飞来石就有点潦草迷蒙，午后冒雨登始信峰，朱姑娘两次滑跤，所幸被身旁眼明手快的长脚搀扶住。后来顶雨游狮子峰时就有些意兴阑珊，纵然景色绮绝，犹如观赏烟雨苍茫的山水泼墨画，匆匆一瞥“猴子观海”，便转去北海宾馆。

或许是天意磨人，到了下榻处，忽然雨过天晴。晚餐时，阿潘和长脚拿出随身带去的梅林鱼肉罐头食品，邀请朱、刘两位姑娘一道分享。餐后，他们四人玩起了纸牌。

我决意出去散步。于是，便独自信步来到湿漉漉的清凉台。该台是名副其实的黄山观景台，纵横丈许，突出在三面临空的危岩上，四周围以水泥栏杆，可凭栏远眺。其时只见一轮玉盘似的圆月已悬在深蓝的天空中，月色清朗，星稀难辨，恍惚身处琉璃境界。眼前是峰云变幻，茫茫后海，因云雾萦绕，加上夜幕笼罩，不知峰峦几重、海中岛屿有多少。朦胧中隐约见右方有犬牙般的山石叠影，辨不清是“十八罗汉朝南海”，还是“猪八戒吃西瓜”。

此刻，轻风拂面，万籁俱寂，不由得思接千载，想起诗仙“今月曾经照古人”的诗来，刹那间竟有种古人登幽州台歌“念天地之悠悠”的代入感，三十多年来生平头一次深感自己是如此渺小，卑如微尘，不禁唏嘘叹息，转念间又蓦然记起鲁迅先生的《故乡》结尾部分：“朦胧中，眼前展开一片海边碧绿的沙地来，上面深蓝的天空中挂着一轮金黄的圆月。我想，希望是……”由于联想到希望，我感觉胸壑顿开，心气也随之激扬起来，面对三十八万公里外的月亮，便恭敬遥祝不在身边的所有亲友人长久、共婵娟，各美其美！

翌日，按计划我们清晨上清凉台观日出，不料太阳没出早朝。后来我们依次登光明顶，攀莲花峰，再上天都峰，一路攀登，为防止两位姑娘出意外，阿潘和长脚两人竭尽所能一对一当上了护花使者。有时候，当事人心存善念，他们有意无意间的一些言行会改变旁人的心态。

在旅游结束前的那个夜晚，我们五个年轻人相聚一处，畅谈心曲，聊了个通宵达旦，最后刘妹妹披露了一个秘密。原来她姐姐朱姑娘曾游历过翡翠谷，曾以为两情相悦遇到了心仪伴侣，不料，遭遇渣男，对方回沪后就劈腿另寻新欢。为此，朱姑娘伤心至极痛不欲生，差点自裁走上绝路。这次黄山游，是刘妹妹特地安排再三做工作，朱姐姐才勉强一道出来散心的。“这些天，多亏你们几位阿哥一路照顾，我们白相得非常开心！现在我阿姐心结打开，烦恼消除，已经没事了。”好像是为了证实刘妹妹的话，我们看到朱姐姐脸色已无阴郁，果然与初见时判若两人，她的笑容十分明媚。

可惜当年没有手机微信，也没有留下联系方式，也许是彼此都心照不宣，要的正是相忘于江湖。两位姑娘后来的事不得而知。作为同事，我知道后来阿潘担任过党支部书记，长脚做过党小组长，现在我们都已退休。秋天如期到来，在我的梦里，清凉台上的那轮圆月还是那么迷人，那是我的一次月光洗礼。

2022 年 9 月

身边的小动物

前些日子，每次居民们排队做核酸，一只黑条纹豹猫像编外志愿者，总是煞有介事地与大蓝志愿者一起，站在一旁维持秩序，让人忍俊不禁。

3 月底，邻家十多岁的小男孩，从新江湾城的小河里捞了几条小蝌蚪，养在玻璃瓶里。宅在家的三个月，除了上网课做游戏，小男孩见证了像逗号似的小蝌蚪长大、蜕变，变成两只青蛙和三只蛤蟆。6 月初，可以出入小区了，他将会跳的小生灵全部放生了。

底楼的汪奶奶一个人住，女儿女婿送给她一只萌犬，起名达娃。有了毛孩子的陪伴，汪奶奶过得很充实。小区静默期间，有一天，汪奶奶出门做核酸，回到家，发现小狗不见了，急得要昏过去。她女婿想方设法进了我们楼的微信群，寻求帮助。邻居们都替汪奶奶着急，又无能为力。过了一会儿，群里传来汪奶奶女婿的微信，说达娃已经回到奶奶身边，还叼了一大块肉回家。“真是一只义犬！”所有人都这样称赞。过了一阵，502 室在微信群里说 :“我家团购来的五斤肉丢失了！”小区志愿者发誓，他确实把肉送到了大楼门口。所幸对门楼里的业主拍到了萌犬叼肉时的情景。

有位邻居叫“小云南”，平时喜欢遛鸟。他养了一只羽毛鲜亮的鹦鹉，本想训练它学讲人话，教了很久，鹦鹉只会讲一句 :“饭吃过了吗？”小云南很沮丧，再无信心。真是无心插柳柳成荫，鹦鹉经常听到志愿者用高音喇叭叫人下楼，有一天，它突然学着志愿者的声音叫道 :“请下楼做核酸！”“请下楼做核酸！”真是一鸣惊人！

我们身边的小动物，也在顺势而变，越来越乖巧。

2022 年 9 月

暑假里的野趣

学生们放暑假了，想想当下的“神兽”们，我不由得生出一丝恻隐之心。好不容易有个假期，上有六位长辈的紧盯防守，下有各种各样的“兴趣班”作业压身，稍有空闲就沉浸在电子游戏的虚拟世界中，很少能自主地去享受真正自然的野趣。

回想五十多年前我上小学四年级放暑假疯玩时的情景，虽然常被大人们训斥为“野蛮小鬼瞎白相”，但那时无拘无束地玩耍，至今还令人神往不已。

那时老房子在卢家湾丽园路上。期末考试时，我就与要好的小伙伴约定，一放暑假就结伴去看飞机（那阵子心心念念就想看）。放假后我与鹏程、小国庆和宝玉等立即行动，那天午后，我们随身准备好小瓶子、小刀、线绳和火柴，先沿鲁班路南下，后转到斜土路，朝西南方向行进，目的地龙华机场。走在沪郊农村的田野上，半路上间或看见许多绿丝飘荡的柳树，不知谁带的头，扯下几缕柳条，圈起来做成帽子戴在头上，颇有小兵张嘎的风采，我们一路蹦跳着唱着歌，很快就到了目的地。

龙华机场四处由铁丝网围着，我们站在外围的一个小土丘上，翘首以待银色飞机的起降。每当看到有飞机昂首飞向蓝天或俯冲返回跑道，我们都会兴高采烈地发出欢呼声。在等看飞机的时候，我们已关注到四羽蜻蜓和色彩斑斓的蝴蝶在身旁不停翻飞舞动，于是，下一个活动就是捕捉蜻蜓、蝴蝶和天牛等。

小伙伴们在草木间各显其能，使出浑身解数追逐捕捉起虫子，结果各有收获。最得意的是鹏程，他捉到一只全身鲜绿、头大、复眼突出、腹部又粗又圆的叫哥哥（蝈蝈），如果出钱买，起码要一角吧？真是羡慕煞人！小国庆逮住一只绿色的、身体瘦长的蝈蜢（蚱蜢），宝玉手里抓了两只蜻蜓，而我只捕获了一只金乌虫。我们都用细线把虫子在头颈处小心翼翼地绑起来，放进小瓶子里准备带回家。

回家的路上，无意间又发现农田边的浅水沟、小河浜里有成群的“那摩温”（小蝌蚪）和穿条鱼在游动，又是一阵欢喜，于是动手捕捞。就这样，我们带去的玻璃瓶子慢慢全装满了。回到家后，我们少不得被大人们呵责一番：“哎呀！晒得个个像泥鳅，又野到哪里去了！”但我们心里实在太开心了。

之后半个月里，我们表现得都很乖，没有外出去玩。实际上我们都在家里用心喂养虫子和“那摩温”等小生灵，省下自己吃的毛豆、西瓜瓤和黄瓜等，给它们喂食；还要隔天换水，观察它们的成长变化。那种自己收获而来的野趣，叫人心情舒畅。

等到弄堂外行道树上野乌子（知了）起劲合唱的时候，我们一帮小伙伴又谋划着去思南路茂密的梧桐树上黏捉野乌子（知了）；再过个把月，还可以到郊区去捉赚绩（蟋蟀）。这是少年时自发的自然常识课，大家相互学习交流，游戏教人增知。一个暑假就让我们认识了许多花草鱼虫的名字，受益终身。

熏风年年，暑假又至。现在的孩子太金贵了，每个家庭的中心都是他们，涉及安全隐患的事绝对不能做，至于自然野趣带来的快乐，那就暂时不考虑了吧。

2023 年 8 月

打卡“两万户” 留存城市记忆

邂逅总是叫人惊喜。我是从媒体上得知杨浦区长白 228 街坊文化商业综合体“五一”期间开业系列活动信息的，4 月底的一个下午，我特地骑着小蓝车去那里打卡，想亲眼见识一下十五分钟社区便民生活圈是怎么回事。我下车后兴冲冲地朝长白路 158 号一块标有“228 街坊”字样的拱形新牌坊穿进去，就在这时，我与文友阿欣邂逅了。他也是得知信息后携爱人来围观历史风貌建筑的，他们夫妻的兴奋劲要明显高过我，因为曾居住于此，他们对曾经的小卖部、体育运动器材等老物件的回望与回味显得尤其深情。于是，我们开心地一道重新审视那被整体性保留、现在以崭新面貌亮相的十二幢“两万户”地标建筑，我们徜徉在这城市的新街坊，感受它无言的魅力。

坦率地说，我不是第一次光顾此地。我虽然没住过这里，但有不少老同事老朋友曾在长白一村 228 街坊附近的“两万户”里居住过，像阿欣一样，爱国、传福、泰平等一大批人，他们的名字都传递着吉祥爱意，他们是工人子弟，父辈大多都在杨树浦附近的工厂里谋生，不是国棉十七厂、国棉十二厂，就是杨树浦发电厂、上海自来水厂等单位的。多年前我在企业任党支书兼工会主席时开展家访，曾多次来此观察过被几代上海人称之为“两万户”的老公房。虽然建筑历经几十年风雨剥蚀已显陈旧，但是当初它的横空出世正如从长白二村“两万户”走出来的作家刘翔所说：“它不仅开启了上海工人新村建设的新时代，更是演绎了无数上海人的居住生态模式。”

我跟阿欣夫妻驻足“228 街坊历史记忆”的图片墙前浏览，夫妻俩触景生情，不时指着图片对我叙述往事。我边倾听边在心里忖，每一栋房子、每一个街坊，乃至每一座城市都有属于自己的特殊记忆，上海的工人新村包括“两万户”无疑是一段无法抹去且十分珍贵的城市记忆；上海不仅有传统而典型的石库门基因建筑，还有让无数市民津津乐道的工人新村，其中“两万户”非常令人难忘。

20 世纪 50 年代初期，在陈毅市长的殷切关怀下，人民政府为解决上海三百万产业工人的住房困难，以“工人新村”为理念，分别以沪东、沪西两个工业区为重点，兴建了九个新村可供两万户家庭居住的住宅，“两万户”因此而得名。长白 228 街坊就是首批“两万户”小区之一，时有“一人住新村，全厂都光荣”的流行口号，从中多少透露了些时代的心事。“两万户”住宅套用苏联军营建筑模式，两层立帖式砖木结构，前部高两层，后部为一层披屋。1室至5室在底层，6室至10室在两楼。厨房、厕所五家合用，均在底层。

“我小辰光阿拉家住在5室。”阿欣妻子回忆说，“后来结婚后跟他在两楼10室住……”我们依序进入“两万户”复原的记忆馆。

幸福的家庭家家相似。当时的“两万户”缓解了上海多少家庭三四代人蜗居一隅的窘境啊！那批搬出“滚地龙”，告别由稻草竹篾搭建的棚户简屋的劳工，终于住进了底层有水门汀、二楼有木地板的新房，怎么会不心花怒放呢？这不单是居住者生活条件的改善，生活质量的提升，更是所有上海工人的大喜事呀，那是“人民城市人民建、人民城市为人民”开篇的时代序言，既精彩又意味深长。

“那时候住在底层感觉很闷热，”走出仿旧的老屋阿欣妻子继续对我说，“小辰光没有电风扇、空调，就整天在房子前空地上与年龄相仿的小巴腊子白相，跳橡皮筋、打乒乓球、做游戏，开心是真开心，但热得嘞我生过热疖头……”

“是的是的，我也有生过。”阿欣妻子满满的回忆，引来了一大批到228新街坊来围观的“50后”爷叔潮妈的共情附和，他们都参与进来一起怀旧，七嘴八舌地缅怀童年时在“两万户”生活的乐趣与烦恼。经过打听，原来他们不是228街坊的老住户，而是来自长白二村、控江二村和凤城新村的曾经的“两万户”居民，他们有共同的工人新村情结。

“那时候邻居关系相当融洽，不是在厨房间碰面，就是在厕所间相遇。烧饭时场景十分闹猛。各家大人操着南腔北调的家乡话交流，呼唤着自己的小囡，风土味、烟火气浓得不得了……”

岁月不居，时节如流。起初只要有房子住的愿望实现以后，“两万户”的居民切切实实感觉适意了若干年，但人的愿望随着时光移动总是不断在变，物质文化需求在逐渐扩大。人从懵懂无知的童年成长为多愁善感的青年，烦恼也在不断增加。“两万户”的“老旧小”问题越来越明显，四五户家人合用厨卫越来越不便；厕所没有马桶坐便器，只有水槽蹲坑越来越别扭；洗澡没有淋浴设施，得自家提水放入木盆里越来越不爽。邻居间纠纷渐起，互相猜忌，厨房间里就辣与不辣的炝锅也会引发一场争吵，各家连油盐酱醋调味品都加上了锁……

进入新世纪，“两万户”终于迎来了大规模的拆迁。228 街坊到 2010 年先后经历过两次动迁。2016 年，该地块作为城市更新项目，实现了整体协商搬迁的目标。在千禧年来临之际，阿欣夫妻已自筹资金买了公寓房，搬出了爱恨纠缠的“两万户”。

看到眼前似曾相识又时尚翻新的草坪露营、国潮优品集市、智慧型净菜超市、健身房、城市书屋、亲子学堂和党群服务站等历史风貌街坊的新空间，阿欣夫妻俩情不自禁地说："真是华丽回归啊，我们这帮人看到这些非常有感觉，非常有味道！"

是啊！我心里说，如果说留住乡愁离不开人们曾经居住过的乡村，那么，传承城市的记忆同样需要有承载魅力的场所。现在有了，长白 228 街坊"两万户"蝶变为具有社区服务、文化功能的新街坊，"老旧小"房子变身为时尚元素满满的"城市客厅"，这不仅仅是树样板、惠民生，为周边居民带来"宜居、宜业、宜游、宜学、宜养"的家门口幸福生活，更是体现了城市建设更新尊民意、顺民心，始终坚持以人民乐享生活为核心的理念，从而打造了既能承接回顾历史、又可承载面向未来的潮流地标。

我忽然想起意大利作家卡尔维诺曾在《看不见的城市》中写下的一句话："无论如何，大都会的另外一种额外魅力，乃是透过它的转变，我们可以怀旧地回望它的过去。"长白 228 新街坊，是城市让生活更美好的现实版，这是杨浦区的额外魅力所在，也是整个上海的光荣标志之一。

由于阿欣夫妻晚上与老邻居有约，我便与他们挥手告别。回家途中，我的手机不经意间传出一首经典老歌："让青春吹动了你的长发，让它牵引你的梦，不知不觉这城市的历史，已记取了你的笑容……"这是《追梦人》。我蓦然觉得，我们到处打卡网红地，去回望与憧憬，不就是为了追梦吗？

2023 年 9 月

去树下兀坐片刻

树植在公园里，就像山石一样岿然不动。它不过来只能人过去，休闲时，只要季节和气候允许，我就会去树下兀坐片刻，享受独处的静谧，感觉会有各种知遇和意想不到的治愈。

作为植物的树木是有生命的，挨着它即使什么也不做，在树下足可以静心放松，丢弃一切角色的面具，摆脱自我，释放焦虑。起码可与树木交换呼吸，你呼出二氧化碳，它则回报你眼不见的负氧离子，让你增添良好的生物活性，心情舒坦。

兀坐树下，神游八极，忽然就想到汉字“兀”的奇妙形象结构，极像一条长板凳。人坐其上发呆，容易忘我。苏东坡有诗云：“谒入不得去，兀坐如枯株。岂惟主忘客，今我亦忘吾。”平心静气，离形去智，直至坐忘。明代探险旅行家徐霞客多么好动的一个人，在其《游黄山日记》中记着一句话：“初四日，兀坐听雪溜竟日。”那意思再明白不过，他整天就坐在那里听雪花滑落的声音。想象一下那情景，周遭的山峦世界唯有雪声，人兀坐山脚树下，依稀有种“虎行似病，鹰立如睡”的慵懒休憩，但这正是一种猛虎下山、鹰击长空之前的蓄势，徐霞客“长风破浪会有时，直挂云帆济沧海”的凌云壮志依然在胸中存焉。人心如水，静能澄澈。明朝散文家归有光也常常“冥然兀坐”。有《项脊轩志》为证：“借书满架，偃仰啸歌，冥然兀坐，万籁有声；而庭阶寂寂，小鸟时来啄食，人至不去……”感觉真的很好。

正因为树有生命，并不是人想的那样木知木觉，所以树们感知自然变化的能力比人以为的要更灵敏和自觉，与动物遇春发情、天冷准备过冬不一样，树干、树枝、树叶亦会因时而变：春天它们娇嫩柔软；随后茁壮到夏，枝繁叶茂，富有弹性；秋冬时节，它们会变得僵硬或干枯，披头散发，叶色变红或变黄，虽然没有喧嚣的历史意识，但是它们无言的顺生而行，真值得人类思考学习。

俗话说，树欲静而风不止。好像都是风在捣乱，其实，树们都是招风的，就像花儿招蜂引蝶一样，它们站在那里扭动枝丫，简直就想把世界招拢在一起，把各种各样的小鸟、飞虫、甲虫、蚂蚁和蚯蚓等生灵，还有猫狗吸引到身边来，当然还有来来往往的风和不停移动的光斑，最后把人吸引过来，让他们在枝丫下栖息一阵子。这样，树安详，人亦沉静，流连忘返地相处一块，互相沉默对视，享受时光静美。我有时会猜想，树、草、虫、鱼各有自己的思维和语言，只是人听不灵清罢了。

我本不是修炼之人，由于本性使然，坐在那里不可能什么也不做。我时常凝神倾听各种天籁地籁、风声雨声、鸟声虫声，有时也倾听人声。树林里有练习唱歌吊嗓子的，有打太极拳“嗨嗨”练武术的，在几棵挺直的羽杉树下，固定位置的石凳上坐着一位年逾八旬的白发翁，他拿手的乐器是萨克斯管。有一首《打虎上山》的曲子可能是他比较喜欢或者比较拿手得意的,每次都听到他吹。后来我得知，他年轻时是一位企业工会主席，退休后不顾他事就这爱好，习惯在树下吹奏自得其乐，据说身上的病都给吹走了。另有一对女子，年长的八十多岁，年轻的六十许，两人干干净净，说话细声细气。我起先以为是保姆推着轮椅上的老太出门解闷，天气好的时候到梧桐树下孵太阳、呼吸新鲜空气，大日头时到树荫下避光，后来得知是亲母女，老人腿脚软组织老化不能行走，女儿就推着她到梧桐树下接触地气，聊天看景。我与她们遇见了会像老熟人一样彼此打一声招呼。“嗨，你们好！”她们的笑很温和恬静：“你好！来树下坐坐蛮好咯！”

我大多数时候会随身带份晚报去浏览，我不喜欢每时每刻刷手机那种样子。树无论在哪里都是一道风景，而边欣赏报上的美文边呼吸新鲜空气，由此自己也进入风景里，感觉也是蛮好的。人在草木间，是个“茶”字，实际上，在树下兀坐即使不渴饮，也像在品茗，气息清爽，有草木的味道，让人非常享受自然的清欢，与阅读一样有益，直到被鸟叫声惊醒，回家。

2023 年 9 月

我喜黄昏听秋声

秋天是一年中的黄昏季，黄昏是一天中的秋时辰。暑退凉生，我尤其喜欢在黄昏时去附近的公园林子里倾听天籁秋声，愉悦身心。

为什么是黄昏？窃以为，白昼嘈杂，当季天高云淡，宜极目远眺，长空雁行，落霞晚翠，层林斑斓，景色缤纷，目不暇接，多少会有些影响耳朵的谛听。而在薄暮的朦胧中，无需辨色，喧嚣渐息，听觉自然会变得十分灵敏。飒飒风穿林，簌簌叶落地，无不入耳。待欧阳公《秋声赋》中情景再现，“星月皎洁，明河在天，四无人声，声在树间”，更清亮时，天籁音乐会便如期开场并很快进入高潮。远处，隐约有鸟啁啾，在返林扑棱中自在啼啭。风过耳，传送来几声蝉鸣，它们集体的合唱节目早已完成，唯有几只留恋天地大舞台的老蝉，唱得颤音沉沉，渺渺地，掺了些许凄惶。

就在那一刻，我期待的主角争先恐后地发出了鸣奏，声音激越透亮，没有一点愁苦，不是音乐，却是动听的天然好声音，多么令人沉醉的蛩声！“啾啾”好像来自近侧，“呭呭”又依稀发在背后，“唧唧吱、唧唧吱”轻盈地飘荡在四周。我侧耳凝听，终于分辨出那熟悉的“铃、铃、铃”，连续不断，好似一串金铃在连续摇动，声音带着丝丝欢快，十分清脆，那是金蛉子在放声高歌。这美妙的天籁之音具有一种无形的穿透力，让人物我两忘。我忽然领悟到，这就好比古人提倡的不时不食的道理一样，聆听四季天籁，也需要择时。春听鸟声，应在清晨；夏听蝉声，当在午后；秋听虫声，宜在黄昏；冬听雪声，妙在夜里。秋声自带氛围，意境幽幽，如逢下雨，隔窗听滴答作响，检藏心情，偶闻蝈蝈叫，亦可得天然野趣，黄昏闭目享受，叫人舒爽。

在金蛉子洪亮的鸣声中，我忽然想起了一个人来。我曾有十余年从市区到长江边的罗泾上下班乘坐通勤车往返的经历。其时，我任车长，有个同事“小胖子”（我这样叫了他四十多年，以至于一时想不起他的真姓名来），比我小两岁，做过修理工，整天笑眯眯的，喜欢跟我并排坐，谈《山海经》。他养金蛉子有一套，秋冬季直到开年新春，随身的胸口衣袋里始终珍藏着木制的或牛角制的非常精致的饲养器，里头是一到两只娇小玲珑、全身闪亮、仿佛袖珍型小蟋蟀般的金蛉子。下班时恰是黄昏，车在路途，聊了些闲话，人昏昏欲睡之际，那小精灵便不失时机地来上一段悦耳动听的鸣唱，一下子叫人扫去萎靡，好不惊喜！我不止一次听小胖子说起金蛉子的饲养经，既细碎又繁琐，但他乐此不疲。也许有人会说玩物丧志之类的闲话，我倒觉得小胖子是在雅玩养性，值得赞赏。如今想来，我甚至更加理解了为什么小胖子工作时细致耐心又认真，是一个会电焊会气焊、会冷作又会钳工的多面手，经他抢修的车辆及工索具，既快又好，有口皆碑。

有雅趣的人有雅量，并且潇洒。我还想起一位文友，他兴趣广泛，也养过金蛉子。他曾著文披露过一件趣事。有次，他在开车时遭遇追尾，气愤地下车准备找车主索赔，对方也下车迎上来欲争辩，就在这当口，对方口袋里响起了虫鸣声，听到这个“招呼”，文友顿时变得宽容平和，不再去计较对错得失，两人竟若无其事地聊起金蛉子来，随后双方潇洒地挥手作别。真是因物沉静，化戾气为和气，甚至可说，颇有名士风度。

趁着夜未央，我沉浸在安宁中，聆听澄澈爽朗的自然之声。有一阵子，身处树林，惬意地享受迷人乐章的同时，鼻子还会嗅到丝丝密密、不绝如缕的桂花香气，更觉大千世界对人的仁慈厚爱，医愚消愁。陆游曾作《秋声》道：“我喜枕上闻秋声”，而我是“人言悲秋难为情，我喜黄昏听秋声”。

2023 年 10 月

观雨闻声念雅称

今年梅雨季才过，似乎出现了倒黄梅，湿漉漉的刚刚消停，台风“杜苏芮”又来影响本埠，窗外雨一阵紧似一阵。出不得门，我便在阳台上发呆，感叹雨之为物，能令昼短，能令夜长，隔着一帘雨幕，听淅淅沥沥的雨声变奏，口中念叨着前人对雨的雅称，就这样，眼前仿佛影影绰绰出现许多文人雅士在雨中徐行，出口成章，那诗意也随之淋漓而至，弥漫开来……

“看，像牛毛，像花针，像细丝，密密地斜织着，人家屋顶上全笼着一层薄烟。”——朱自清笔下的雨，那样的春雨着实可爱。北宋周邦彦把细雨叫作“轻丝”（朝云漠漠散轻丝）。如果雨势一紧，下到地上或者船上冒出泡来，苏东坡叫它“跳珠”（黑云翻墨未遮山，白雨跳珠乱入船）。诗仙李白眼中的雨叫“银竹”（白雨映寒山，森森似银竹）。唐太宗李世民称它为“泫丛”（泫丛珠缔叶，起溜镜图波），咏雨为一串串下滴的水珠。东汉王逸点赞知时好雨为“灵泽”

（思灵泽兮一膏沐，怀兰英兮把琼若），将雨说成是天之膏润，还比喻为君王的恩德。

前人对雨的雅称从小到大还有洗尘、旱霖、夜春、清露、甘露、甘霖、嘉澍、霡霂、膏泽、玄液、玄泽、廉纤、银丝、龙润、水潦、奇水、倾盘、倾盆、瓢泼、滂霈、滂沱、倒井……你不得不惊叹咱们心怀诗意的前人的洞察力和想象力，对每一场雨，都有如此讲究、如此形象逼真的命名。进而你不得不惊叹中华文化的博大精深和细致入微，真正是诗意盎然又浪漫美妙，生活在有这样文化传统的国度里，你会不由自主地感悟到，无论晴好雨奇，日子都有美的意义。

清代诗人张潮认为，春雨宜读书，夏雨宜弈棋，秋雨宜检藏，冬雨宜饮酒。我忽然觉得，观雨闻声念雅称，四时皆可，好比修行人念号，心生欢喜，无他，因为呼唤美名是这个世界最简捷、最灵验的向善功课。

2023 年 10 月

卢沟桥，别来无恙

前一阵子，从媒体上得知京津冀遭遇五十年未遇的暴雨水灾，尤其听说北京门头沟区和丰台区永定河洪水泛滥，两岸相距扩大逾百米，冲垮了多座桥梁，不少房屋车辆被毁坏，老百姓日常生活秩序被颠覆，吃了许多意想不到的苦头。我忽然就对永定河上的卢沟桥担起忧来，我挂念它，不知它现在还好吗？

我是三十三年前第一次见到它的。那年夏天我新婚，携新娘去北京度蜜月。旅游团安排的下榻之处就在北京西南的丰台区，与卢沟桥的距离近在咫尺。那时没有安排参观卢沟桥的项目，导游说："卢沟桥 1985 年起已经退役了，去那里没啥看头。桥的栏杆上有些石狮子而已，而且有两个遭到雷劈损坏了。"但我与妻子既然知道著名的卢沟桥离住处不远，便决定还是去承载过深厚历史文化底蕴的桥上走一走、看一看。

那是一个黄昏，当时的卢沟桥显得有些颓废，陈旧不堪。

桥下的河床里根本没有水流，几乎已经干涸了。桥两旁的望柱和栏板石迎面雕有精美的花卉图案，蒙尘很多，很脏，望柱顶端各雕有一头大石狮，沉默着。桥面凹凸不平，四周荒芜，确实不太好玩，我们发现在桥北侧东头的栏杆望柱以及上面的小石狮的确坏损了，可能真是遭雷劈的吧。面对如此景象，我心里不免有些戚戚然，告别卢沟桥时，我心说，这座桥毕竟是当年全民族抗战的起点啊。

一晃眼，过了十二年，2002 年夏天，我作为单位先进分子再次被组织安排去北京游，这趟下榻的地方是丰台区杜家坎，离卢沟桥也就三百米左右。我与两个同行者抓住时机又凭吊了一番卢沟桥。这次所见的桥身干净许多，也知道了该桥始建于 1189 年，已经有八百多年的历史，是北京现存最古老的石造联拱桥。最有特色的，是桥墩的造法。桥墩下面呈船形，迎水面砌作分水尖，外形像一个尖尖的船头，其作用则在于抗击流水的冲击，体现了前人的聪明智慧。

卢沟桥的桥两端分别矗立着两头大石狮（东端）和两头大石象（西端），身躯硕大，憨态可掬。在石狮、石象之外，还各竖华表一个，下设八角须弥座，上穿云板石，莲座圆盘之上的石狮子迎向桥外，其神态自若有如在迎送行人。桥面依然凹凸不平，我已不觉奇怪。桥两旁栏杆望柱上的石狮子已修复完好，据说共有二百八十一根望柱，五百零一只狮子，我没有仔细去数，但感觉狮子神态各异，妙趣横生，没有一只形态重复的，印象深刻。当时我心里想，这里的炮声当年曾唤起全国人民团结御侮的爱国精神，真的不虚此行。可惜那时没有手机可以随手拍留影做个纪念。

弹指一挥间，又是二十余年过去，不料今年夏天北京暴雨洪水那么厉害，我就想念起卢沟桥来。开始网传的消息说，卢沟桥遭殃被冲垮了。要知道那桥一旦发生坍塌，将对首都北京的旅游业和文化遗产造成多么大的影响。后来看手机视频，见卢沟桥又经历了一次数十年未遇的洪水考验，安然无恙，实际上出事的是卢沟新桥，心情略为平静，同时感叹新桥不如老桥是子孙愧对祖宗啊！对于卢沟桥，我想，这是一个非常值得反复去打卡、接受爱国主义教育的地方。

卢沟桥，别来无恙?

2023 年 10 月

后记／喜欢下笔如有神

我喜欢读书破万卷、下笔如有神的人。读中学时我就对文学产生兴趣，不仅喜欢，甚至崇敬“鲁郭茅巴老曹”等现代文学大家，有时间就读他们的书，并起劲地摘抄书中的至理名言。我有一个比较投缘的学长，知道我有这一爱好，与我分别时他特地赠我一本成语词典，并在扉页上题赠了一句“爱文学勤之”勉励我。他有一个特别易记的姓名，比郁达夫少一个“夫”字，后来他去《支部生活》和《解放日报》当记者，曾采访过数位时任市委主要领导，再后来，他以自己出色的艺术天分，专门从事文创产品的设计和制作，获得相当的成功。我在上港集团军工路港务公司经理办工作期间，曾有机会与许多下笔如有神的人直接接触。记得 1988 年年初，我公司作为《萌芽》杂志社的董事单位之一，总经理指派我为与萌芽社接洽的联络人。这样，我与时任《萌芽》杂志主编的曹阳以及孙文昌等老师均有接触交流，并聆听过他们的文学辅导课。最荣幸的是，当年6月底我与不少“文曲星”一道乘考斯特中型客车赴昆山，参与了《萌芽》杂志1987年度文学奖颁奖活动。同车获奖者有金宇澄（他便是后来写《繁花》得茅奖的著名作家，当年他是因小说《光斑》《方岛》《异乡》而得奖，还没有到《上海文学》杂志社去任职，他给我很深的印象就是不响）、朱全弟（他得的是报告文学奖，当时还在金陵中学当老师，后来才去《新民晚报》做记者，他也不大响）、刘擎（年轻的大学老师，他得的是诗歌奖，是一位才华横溢、爱说爱唱爱热闹的人，后来成为著名的社会学学者）、盛李、牛伯成、方克强、吴柯、李忠效等写手，其他应邀参与活动的有黄石、胡绳梁、张军和孙砺等报刊记者，同车的还有《萌芽》杂志社编辑陆辛生、孙文昌、李其纲、单良等人。颁奖会除了《萌芽》主编曹阳主持、副主编俞天白点评，代表市作协到会发表讲话的是赵长天副主席。蔚蓝当时也来了。我感觉眼前好一片星光璀璨啊！我本是一个因循观望的人，当时只顾惶恐谦卑地在一旁傻看，内心止不住地惊叹他们的成功。时过境迁，他们当然不会记得有我这个旁观者的存在，而我，虽然见证了那次颁奖过程，也简略地与他们中的几位交谈过一些话，但过后我再没有把他们当偶像去拜会套近乎。至今回想起来，我多少有些自责，为什么当时羞于拿出习作不去请教他们而错过如此少有的良机？可惜其时没有手机，要不保留一些影像也是好的，真是追悔莫及！我退休后凭兴趣加入杨浦区故事协会，这样又让我邂逅了几位下笔如有神的达人。譬如闻名沪上的黄宣林、徐少华和何沛忠等故事家，他们创作故事的能力简直信手拈来、出口成篇，非常令人敬佩！他们的言传身教让我学到了许多观察和思考生活的方式以及写作技巧，受益良多。

我也喜欢下笔时聚精会神，尽可能地做到与笔下人物心神交会，保持文思不断，一旦有佳句闪现脑际，便迫不及待地记下，备用。在企业工作时，由于职责使然，要写的简报、计划、总结和讲话稿了犹未了，因此，我对于文学只能暂时割爱。2017年我退休卸去职业压力后，重拾昔日爱好，在轻松的状态下开始写作这项令人愉悦的精神旅游。从刚回家时出手的一篇《六十岁到来的时候》亮相《新民晚报》开始，我着力面对自己生命历程中可敬可亲的故人、可歌可泣的往事和可爱可叹的景物，不计时间想到就写，因为喜欢，所以倾注真情，写作过程中不时会有灵光乍现般的神来之笔突如其来，因而文字偶有出彩之处，不仅自己得意，有时还得到报刊编辑的认可。甲辰年春节期间，我将七年多来发表在《新民晚报》《劳动报》《上海每周广播电视》《上海老年报》《杨树浦文艺》等报刊上的文章进行整理，本以为寥寥无几，结果出乎意料之外，故事、小说和诗歌、散文等各种体裁的文字累积起来竟有上百篇，我从七年来的作品里选了五十九篇散文随笔，另外加上一篇 2002 年参与新民晚报社的读书征文《从偷读〈燕山夜话〉开始》，该文有幸被曹正文老师选编入《影响我人生的一本书》里，这样刚好凑成六十篇汇集一本《闲来缀文》，但愿此书能得到读者朋友的青睐。

我还喜欢下笔如有神的那种亢奋状态。写作本来就是心甘情愿的个体劳作，能否出成果和得到社会认可，实在不是写作者本身能把控的。就我自己而言，缀句成文，消磨时光，用我手写我心，自由自在地表达思想，投入地进行写作，虽然还做不到文思泉涌，也时常出次品废品，但写作令人兴奋，可得多巴胺大爆发，特别开心，六十岁以后，图的不就是个乐活吗？

最后，感谢自华老师赐序，感谢各位编辑老师的辛勤付出！

2024 年 5 月